Après

Anne Terral

Après

roman

Stock

À Louis et Rita

APRÈS. prép. et **adv.** (x^e, adv.; bas lat. *ad pressum*, de *pressus*, « serré », qui s'est substitué en Gaule à l'adv. *post*).

I. ***Prép.*** (v. 1130). **1.** Postériorité dans le temps. *Le printemps vient après l'hiver.* **2.** Postériorité dans un espace orienté. *Elle habite après le village.* **3.** Par ext. Exprime un mouvement spatial ou affectif en direction de qqch. ou qqn. *Chercher, demander après qqn.*

II. *Adv.* **1.** Temps : postérieurement, ultérieurement. *Six mois après. La nuit d'après.* **2.** Espace; ordre ou situation : derrière, ensuite. *La page d'après. Voyez ci-après.*

1

La bête a quatre bouts noirs à la fin de ses jambes, j'ai deux pieds et deux mains. La bête a de la fourrure blanche, j'ai de la peau rose et un pull par-dessus. La bête ne mange que de l'herbe et des plantes, elle tire dessus avec sa bouche, je mange du poulet, des œufs et du jambon avec une fourchette et un couteau. La bête a des gros yeux qui poussent vers l'avant, j'ai des yeux petits. La bête a une queue qui lui sort des fesses, j'ai des fesses mais pas de queue. La bête est un animal, je suis une fille humaine. La bête a une touffe grise sur la tête, j'ai des cheveux qui sont noirs et longs. La bête vit tout le temps dehors, je vis dehors mais dedans aussi. La bête a des griffes, j'ai des ongles. La bête mesure au moins deux mètres de long de la tête à la queue, je mesure un mètre plus trente-cinq centimètres de haut de la tête aux pieds. La bête a deux lèvres très grosses, j'ai deux lèvres toutes petites. La bête peut dormir debout, je dors toujours couchée. La bête a un gros sein qui pend sous son ventre, j'ai un ventre mais des tétons plats. La bête a une langue géante, j'ai une langue normale. La bête mastique longtemps, j'avale vite. La bête a des oreilles qui bougent beaucoup avec des petits poils qui se dressent par-dessus, j'ai des oreilles lisses et fixes. La bête n'a jamais d'habits sur elle, j'ai des habits sur moi. La bête a des narines noires qui soufflent du chaud, j'ai un nez blanc et froid. La bête fait tout n'importe où, je vais toujours aux cabinets, ou parfois aussi dans l'herbe si ça presse trop. La bête a souvent de la bave qui lui coule dans le cou, pas moi. La bête a des pointes marron qui lui sortent juste à côté des oreilles, je n'ai pas de pointes qui me sortent. La bête a un âge que je ne connais pas, je sais mon âge. La bête ne parle pas avec des mots, je dis des mots français. La bête avance lentement, je suis plus rapide qu'elle. La bête a de la moustache longue, je n'ai pas de moustache. La bête a de la boue au bas des jambes, je n'ai pas de boue sauf sur mes chaussures. La bête boit dans les flaques, je bois dans un verre ou à la bouteille en plastique. La bête a l'air très lourde, je fais trente-trois kilos. La bête a des grandes dents un peu noir et jaune, j'ai des dents blanches. La bête a des mouches autour, je n'ai pas de mouches autour. La bête a des grands os qui bougent sous sa peau, j'ai des petits os qui ne se voient pas trop. La bête fait peur, je ne fais peur à personne. La bête meugle, je pleure. La bête crie, je crie.

2

Lentement elle me coiffe avec le peigne. Les dents du peigne sont très serrées, ça tire et ça fait mal souvent. Mais je suis sage dans la cuisine. Assise sur une chaise et mes jambes sont nues. Le carrelage glacé. Je ne dis pas grand-chose, je ferme les yeux quand ma mère tombe sur un nœud de cheveux, ma tête part en arrière, au-dessus de moi il y a le plafond, j'attends que ce soit fini, ce sera bientôt fini, la chaise est bancale parce que c'est une vieille chaise, et je regarde dehors. On a ouvert un peu la porte. Le soleil est sur les herbes, le vent traîne, de la poussière aussi, une feuille sèche fait un bruit de boîte en fer dans les cailloux, et il y a les pierres qui brillent, ma mère derrière moi avec le peigne, la chaise qui est bancale et je la fais se balancer, se balancer plus fort, se balancer encore, mon gros orteil sous un des pieds de la chaise, je le coince et je presse dessus, un cheveu glisse lentement sur le carrelage, c'est à moi, c'est la faute des nœuds. Le chat est là, il se frotte contre l'écorce d'un arbre, son poil se dresse. La peau bleu clair qui est sous son poil, c'est de la farine qui vole, il se fait du bien en se frottant et moi, je gratte mon genou et la croûte de sang qui est devenue encore plus épaisse, la croûte rouge et noir qui m'a démangée pendant toute la nuit et que j'ai continué à gratter ce matin en tenant d'une seule main mon bol de lait, et que je continue à gratter là, pendant que ma mère me peigne avec le peigne rouge et ma tête part en arrière et je la vois tout à l'envers avec son front qui n'a pas de bouche. Je sais que la croûte sautera trop tôt, que mon genou saignera encore, il y aura une autre croûte plus fine, elle me fera peut-être beaucoup plus mal toute la nuit et, de nouveau, je sais que je ne pourrai pas résister. Et ce soir, sous mes ongles, je trouverai ce goût de pièce de un franc, ce goût à sucer dans mon lit, mon sang à moi, ma croûte à moi, ma petite blessure de jeu, ce que le sol m'a fait et ma course après le chien.

Brusquement, ma mère me dit d'arrêter. Tu vas finir par te trouer le genou. L'été arrive et avec le soleil dehors, tu vas garder sur la peau une marque, une marque très blanche et ta jambe sera laide. Je ne la crois pas, même si c'est ma mère. Mais j'arrête de gratter ma croûte parce que je veux sortir, j'enlève mon orteil de sous le pied de la chaise, l'ongle est peut-être bleu sous ma chaussette comme quand on prend un coup et qu'après il faut mettre de la glace dessus, le sang revient, je le sens, c'est de l'eau qui gonfle une éponge, je laisse ma croûte, je laisse ma mère et je vais devant la maison. Il y a la cour et c'est la pluie qui n'est plus vraiment loin, le ciel gonfle sous le vent, les arbres se penchent en avant. La poule se dépêche, toute tendue, et je vois le linge qui se débat sur le fil et des graviers qui roulent à travers. Et puis je vois aussi que le pré est vide en face de la maison, le voisin a déjà rentré toutes ses bêtes, il savait qu'il allait pleuvoir, il regarde tout le temps le ciel et fait des prévisions par rapport aux nuages, il connaît même leurs noms et le chat maintenant est assis sur un morceau de bois où il a fait ses griffes pendant un long moment. Il me regarde avec ses yeux en forme de feu, on dirait qu'il m'attend. Je pourrais courir avec lui, courir et traverser tout le pré, il y aurait de la boue, il y aurait des ronces, et me cacher dans la haie, m'asseoir et puis gratter ma croûte au milieu du silence. Je pourrais la gratter jusqu'à ce qu'elle s'en aille par petits bouts et le chat se serrerait contre moi avec ses poils chauds et son museau mouillé et, de sa langue qui râpe, il viendrait lécher dans ma main les bouts de croûte sèche, il mangerait la croûte puis lisserait la peau de mon genou. Mon genou brillant. Autour de nous, l'eau sur les feuilles de houx ferait un bruit d'oiseau.

Mais je reste devant la maison parce que j'observe le début de la pluie. Je touche mes cheveux. Je sens sous mes doigts la tresse qui est bien faite, la tresse serrée comme une corde. La corde me fait mal quand je grimpe tout en haut et mes mains brûlent si je me laisse glisser pour redescendre. Les échardes qui s'enfoncent dans ma peau. Je regarde ma mère et peu à peu, je défais ce qu'elle vient de faire. Mes cheveux font de l'électricité. Il y a de l'eau qui bout, une odeur de gaz, quelque chose de rose, c'est de la vapeur au-dessus de la casserole, le repas de midi qui se prépare. On est samedi et le samedi, je ne vais pas à l'école. Je tends le bras, des gouttes qui mouillent à peine, encore un peu de temps. Je traverse la cour, passe devant l'étable, on s'agite, il fait chaud là-dedans, j'ouvre la grille et je marche vite. La ferme, ma maison, disparaît dans mon dos. Ma mère ne me demande rien, elle sait où je vais.

Après le chemin de terre qui monte chez nous, celui qui suit le champ du voisin, il y a comme un sentier qui va entre deux haies où se mélangent beaucoup de choses, des branches de chêne et des broussailles très serrées, des coquelicots, des fleurs qui piquent, et ces haies, elles sont bleues, presque noires et hautes comme des maisons de ville. Le sentier a un tapis d'herbe au milieu. Il continue, tourne, remonte, tourne encore à gauche, passe près d'une autre route et descend vers un pré. Le pré qui a des piquets en bois avec de la mousse dessus et du fil de fer qui les relie. Parfois, des corneilles ont peur et s'envolent tout droit. Autour, il n'y a rien. Les champs sont gris et aujourd'hui, même le ciel ressemble à de la fumée. C'est là, devant le pré, que je m'arrête toujours, avec mon ventre qui bat vite, mes pieds chauds, mon dos qui respire, mes cheveux où des herbes s'emmêlent, je les secoue pour qu'elles tombent loin de moi. C'est là que je m'arrête toujours parce que, dans le pré, il y a le point blanc qui grossit au fur et à mesure que je m'approche, le point blanc qui s'agite mais qui cesse de bouger lorsque je pose mes mains sur le fil de fer qui fait le tour. C'est là, dans le pré, qu'il y a la bête.

3

– Tout de suite, moi j'ai mis quelque chose en travers de notre fenêtre. Oui, parce qu'on pouvait pas rester comme ça, à rien faire. J'ai dit à mon mari, je mets quelque chose, quelque chose qui nous protégera, la protection, c'est d'importance, et ce que j'ai mis en travers, c'est ma grande croix de Jésus. Et depuis que j'ai vu que ça continuait toutes les nuits, j'ai ajouté des prières, trois ou quatre fois par jour, trois prières différentes, que je prends et que je mélange un peu. Notre Père qui êtes aux cieux... pauvres pécheurs, etc. Et à force, je vous parie gros que ça la fera partir...

– Elle bougera jamais, je te le redis encore ! Elle restera là, pétrifiée comme un gros tas collé de sel, comme une statue, on peut dire qu'elle est pire que de la méduse et je peux t'assurer qu'elle bougera jamais.

– D'ailleurs, la première fois déjà, quand on l'a trouvée dans le pré, elle a pas bougé un seul de ses poils blancs, il y avait juste le pré et elle au beau milieu, vous vous rappelez... Et les arbres, ils bougeaient pas non plus, l'enclos bougeait pas, le fil de fer bougeait pas, les feuilles bougeaient pas, l'air bougeait pas et il y avait même pas une mouche ou quelque chose pour venir l'agacer, cette toute figée. C'est comme si elle avait déjà décidé de nous rendre dingues.

– De la neige, on aurait dit, une qui vous met dans la surprise. On l'attend pas la veille au soir, il fait clair et pas vraiment froid, personne a rien prévu mais au matin, il y a une lumière nouvelle derrière les vitres, on se retrouve coincé avec la porte qui veut pas s'ouvrir et les ampoules qui clignent dans toute la maison... Sauf que la neige, ça fond après...

– Elle barre contre les mauvais courants, ma croix, les courants qui veulent se faufiler chez nous par les trous, elle barre contre l'œil vilain, elle barre contre les étrangers et les orages, elle est solide, ma croix, c'est mon meilleur cadeau de mariage. Du chêne, du massif et contre ça, je suis sûre qu'on peut rien. Faudrait être très fort... Oui, le mal, il peut pas nous toucher, à mon mari et à moi, depuis que j'ai mis ma croix de mariage en travers de la fenêtre de notre chambre.

– C'est qui qui nous a envoyé ça ? On avait rien demandé, nous. Elle est tombée comme du ciel, cette foutue bestiole, elle est arrivée sans prévenir, nous, on avait rien demandé, elle aurait pu repartir aussi sec et plus nous enquiquiner. Mais faut croire qu'il y a quelque chose qui la fait rester. Qu'est-ce qu'elle nous veut à la fin ?

– Quand il y a eu la vague des gros cambriolages, vous vous souvenez, là aussi, on dormait plus. Mais au moins on savait à quoi s'en tenir. D'où ils venaient, nos tracas. Les cambrioleurs, c'est des hommes avec des intentions. Ils ont des bonnets noirs sur la tête, des sacs, des voitures qui sont pas du coin, ils ont des barres en fer pour casser les portes, tout ça, ça fait peur mais au moins, on sait à quoi s'en tenir. Là, on sait pas, on sait rien et c'est bien pire.

– Pour qu'elle soit plus puissante, je l'ai vernie, ma croix, le vernis a senti pendant plusieurs nuits, alors les yeux ouverts à cause du cri, plus cette odeur qui nous piquait le nez, à force, on y voyait tout blanc. Le vernis sans odeur, ça devrait exister...

– Les bêtes sans voix aussi...

– Faudrait faire quelque chose...

– Non, c'est parti maintenant, ça sent plus. C'est parti. Heureusement.

– Faudrait faire quelque chose...

– Qu'est-ce que tu veux qu'on fasse ? On peut rien faire. On peut rien faire, on a pas le droit. Puisque le pré, il est pas à nous. Le pré, tu sais bien qu'il est au mort. Et un mort, c'est pareil qu'une ortie, ça parle pas mais ça bouge toujours un peu au ras de la terre avec le vent. Il faut faire attention où on met les pieds.

– Mais moi, je m'en fous, je m'en fous de mes pieds. Ce que je sais, c'est que je tiendrai pas longtemps comme ça... J'en peux plus... Cette bête-là, c'est quand elle sera morte, vraiment morte, qu'elle nous fera du bien.

– Ce qui compte en fait, ce qui est d'importance, c'est le Jésus, celui qui est sur ma croix. Il est pas très grand si on le regarde par rapport, il est en marbre et il a été sculpté avec de la délicatesse, on voit bien sa figure, le relief, les creux, tout ça... Mais il a pris du jaune et des taches sur la peau à cause du temps qui passe. Alors, depuis plusieurs semaines, je le frotte tous les jours avec des produits qui sont faits exprès pour et j'ai même acheté un carré de chiffon qui est comme de l'agneau. Je pense que j'y arriverai parce que je sais qu'il y a que ça de bon contre ce qui est noir, noir et très incrusté. L'agneau.

4

Chaque matin, il tend le petit os à la place du doigt. La vieille méchante a la vue pleine de fatigue et chaque matin, elle se trompe. S'il a un doigt encore aussi maigre, c'est qu'il faut lui donner beaucoup plus à manger. Il n'est pas assez gras, pas assez dodu et même si elle est affamée et qu'elle a très envie de dévorer un petit garçon blond cuit à point, elle a de la patience et chaque jour, il tend le petit os, elle touche le petit os, elle est en colère et elle crache par terre et chaque jour, elle gave le petit garçon blond pour qu'il devienne encore plus gros et encore plus gros. Lui, pendant ce temps, il se régale bien et son doigt reste toujours comme un bout de ficelle. La vieille méchante n'y comprend rien, et lui, il rit dans sa prison qui est une petite étable, il se moque d'elle, il est le plus malin et c'est elle qui va mourir, poussée par Gretel, et brûlée tout entière dans le grand four. Grâce à un poulet. Car l'os qu'il tend chaque jour à la vieille, c'est un os de poulet. Oui, son doigt, c'était un coq à plumes qui faisait son intéressant dans la cour. Et moi aussi j'ai un doigt. Je le touche, je ferme les yeux, je caresse ce morceau de moi qui n'a pas de peau, qui n'a pas de chair en dessous, c'est blanc, c'est lisse, c'est dur, ça glisse, c'est un doigt de poulet très maigre mais surtout c'est un doigt fort, un doigt sauveur. Parce que la vie, peut-être qu'elle ne tient qu'à ça, et Hansel, il le savait. Peut-être qu'elle ne tient qu'au petit os d'un animal mort.

Mais il y a une voix dans mon dos, elle est grave et vient du fond de la pièce. Il y a un homme à qui ma mère vient d'ouvrir la porte de la cuisine et il est un peu gros. Je referme mon livre. Je le reconnais. C'est le phoque. Il souffle, il a de grandes dents, ses moustaches gouttent et sa peau se craquelle par endroits. C'est Perraud. Ma mère lui dit de s'asseoir, il s'assoit. Ça craque. Elle lui dit un peu de café ? il fait oui avec la tête. Sa main est blanche, ce sont ses poils, il en a beaucoup, on dirait la patte de la chèvre mais en moins jolie. D'abord il ne dit rien, pas tout de suite. D'abord il souffle, il sue, la montée était dure, sa chemise est plus sombre dans le dos avec des ronds sous les bras. D'abord il regarde autour de lui. La cuisine, la table, les assiettes empilées sur la table, les chaises avec leurs coussins jaunes, l'horloge qui ne marche plus, mes dessins en couleurs sur le mur, les rideaux qu'on vient de laver, l'escalier dans le fond de la pièce, moi qui suis assise sur une marche avec mon livre, la cinquième marche. Il a des plis sous le menton quand il baisse la tête et regarde ses pieds, il frappe ses chaussures sur le sol, il faudra nettoyer, il n'est jamais venu à la maison mais il connaît bien ma mère à cause du marché et des fromages qu'il nous achète depuis des années. Ensuite, il ouvre la bouche après un soupir. Peu à peu, il y a des mots qui montent de sa gorge, qui passent sur sa langue puis entre ses dents et qui sortent dehors. Sa voix est difficile à entendre, on dirait qu'il s'est caché tout au fond d'une grotte et que nous, on est trop loin et qu'il faut avancer encore. Alors ma mère se penche vers lui. Elle est gentille. Je ne comprends pas très bien ce qu'il raconte, je ne veux pas me rapprocher et puis, avec l'habitude, je commence à entendre. C'est un tas de mots en vrac sur ses tracas, sa fatigue, ses maux de tête, de corps, ses journées à travailler dans le brouillard avec les yeux cernés, le sommeil à rattraper, ses nuits foutues, sa vie en l'air. Et tout ça, il dit que c'est à cause de la bête.

Il raconte qu'il n'en peut plus, parce que la nuit maintenant il a peur, d'une peur à crever et il dit que la bête qui hurle le fait revenir des années en arrière, elle lui rappelle sa grand-tante, une vieille sœur de sa mère, celle qui a eu des triplés, eh bien cette grand-tante, à la fin de sa vie, elle avait des cauchemars de mort au beau milieu de la nuit, elle avait des visions vraiment terrifiantes, avec des têtes qui volaient, des tourbillons où elle était entraînée, les cheveux dressés, des labyrinthes sans sortie où elle se perdait toujours pour finir par tomber dans un trou et mourir atrocement. Et elle s'agrippait au lit, la tante en sueur, renversée dans ses draps, les yeux blancs et elle criait avec toute sa voix de vieille sans pouvoir s'arrêter et la maison entière était réveillée pour le reste de la nuit et c'était fini, fini pour lui, au Perraud, il n'y avait plus moyen de se rendormir, même sous son oreiller. Il continue, il boit son café en aspirant fort et il y a des gouttes qui lui coulent, et il dit que le matin il se met à chercher pour voir si sa grand-tante n'est pas cachée dans un placard, riante de toutes ses dents, battant de la queue, revenue pour le hanter avec ses nuits blanches. Mais elle n'est pas dans un placard, elle n'est nulle part dans la maison. Elle est morte. Et c'est la bête qui est vivante.

J'écoute. Ma mère ne dit rien, elle me regarde, elle ne regarde pas Perraud, pas du tout, elle me regarde. On dirait qu'elle a peur. Pas de lui, de moi.

Lui, il continue toujours, et il explique qu'il n'est pas le seul au village pour qui tout ça, c'est vraiment trop difficile. Il y a aussi Aline, la fille Boyer, qui fait des rêves que personne ne lui jalouse. Des rêves où le diable lui hurle à la face, un diable qui la punit de ses péchés – elle a eu cinq maris – en la torturant, un diable qui est rouge et dont la bouche faite de feu est toujours prête à l'avaler, et elle raconte, Aline, que tout le jour d'après, alors qu'il lui faut travailler, elle voit des ongles longs comme des couteaux qui la poursuivent et elle en est malade. Et puis tout ça, ça lui donne des boutons qui grattent. C'est la bête qui la démange. Il y a aussi Pierre Signac, il dort tellement mal avec toute cette tension que maintenant il a les mains qui tremblent tout le temps, on dirait un arbre avec du vent et il fait vraiment peine à voir. Et le petit des Mahus, lui, les hurlements le clouent au lit, lui brisent les jambes en deux, en trois, en quatre, lui glacent le sang jusqu'au cœur et, à douze ans à peine, il se sent déjà comme un vieil impotent qui attend sa dernière heure, un vrai paralysé, et il faut que ses parents le tirent de force hors du lit le matin pour qu'il parte à l'école. Et le fils Busquet, même s'il sait que ce n'est qu'une bête qui a ses humeurs de folle, lui, il ne peut pas s'empêcher d'imaginer des choses bien pires qu'un cri de bestiau. C'est une femme qui se fait attaquer, un animal qu'on dépèce vivant, un homme qu'on étrangle, un bébé qu'on étouffe, une horreur absolument horrible comme celles qui arrivent parfois dans les campagnes avec des assassins qui rôdent et qu'on ne devine pas. Au réveil, il paraît qu'il est toujours plus pâle que son drap, ses jambes sont comme deux poireaux et sa tête lui pèse et puis il a maigri et ça fait six mois que ça dure. C'est la bête qui le dévore de l'intérieur. Perraud dit encore qu'il faudrait appeler un vétérinaire, un homme de science qui pourrait analyser cet animal avec tous les moyens qu'il a et comprendre pourquoi elle hurle comme ça. Alors il la soignerait, ils seraient sauvés au village, cet homme, ce serait comme un sauveur pour tout le monde, presque un Jésus, un miracle fait pour eux. Oui, les techniciens de ces bêtes-là, ça existe, tout rentrerait dans l'ordre et on aurait enfin la paix. Ma mère me regarde.

Je comprends tout, mais c'est lui que je regarde, je ne l'écoute plus, je le regarde, je le scrute, lui, il n'est pas venu à l'enterrement, je m'en souviens très bien, il a souri parfois en le voyant marcher, je le regarde, je le fixe, je le fixe et lentement, je commence à le clouer. Je le cloue à grands coups avec des clous très noirs qui transpercent sa chemise, c'est lui et je l'enfonce dans le mur de la cuisine, les ourlets de son pantalon sont épais, je le mets dans le ciment, je le coince et je le scelle si bien qu'il ne peut plus bouger un seul de ses doigts gras. Parce que ses doigts sont gras. Je le regarde avec son corps bien immobile, plaqué, incrusté dans le mur, et il fait un ornement très laid dans la cuisine. Il ne va pas avec les meubles, ni avec la couleur des chaises. Il ne va pas avec la nappe ni avec les assiettes. Il fait comme une tache. Une tache qu'il faut frotter longtemps pour qu'elle disparaisse, une tache qui fait du bruit, un crissement gênant : c'est la bouche qui continue. Elle s'agite, je la vois, avec ses deux lèvres foncées qui dépassent sous la moustache, et qui se vident, la nuit, elle dit, il faut dormir, la nuit on doit se reposer, le travail, on le met en danger par la faute du mauvais sommeil, la nuit il faut récupérer de tout l'épuisement du jour et que toujours il y ait du silence. Du silence. On dirait qu'elle se vomit elle-même, la bouche, elle accélère, elle ne s'arrête pas, elle sort tout ce qu'elle contient, Aline, Signac, les Mahus, Busquet, le village, la langue du village, elle est longue, elle pend, elle se délie dans les cafés où ils parlent très fort avec leurs oreilles cassées, leurs appareils en plastique, leurs voix faibles qu'il faut pousser pour qu'elles se fassent entendre, les vieux et les vieilles du village, elle se délie dans la bouche et celle-là, il faut la boucher. La garnir jusqu'au fond, la gaver, la truffer, la faire taire de tout ce qu'elle contient. La pâte du gâteau, la pâte que ma mère a malaxée, une pâte jaune, gonflée de bulles, de farine et de beurre, une pâte pleine de grains de maïs, de sable, de mille choses qui suffoquent, cette pâte dans mes mains je la prends et je la fourre à l'intérieur du Perraud. C'est dur à enfoncer, le gosier est étroit comme le pantalon qui le serre aux cuisses. Il mord un peu et se défend. Il bouge malgré tout. Ma main pousse et fait descendre la pâte, ma main s'agite, il se débat mais j'ai le dessus à la fin. Cette trop grande bouche est maintenant farcie, la pâte dégouline jusqu'au bord. Le phoque est prêt. Il ne reste plus qu'à faire cuire le tout comme le jour de la fête du village. Ce jour-là, il y a beaucoup de monde et tout ce monde mange le méchoui rôti dans le grand trou, tout ce monde se parle avec cette odeur de gras dans l'air de la nuit qui donne la nausée, les petits qui courent partout et filent entre les jambes, les hommes qui crient fort et deux ou trois mémés qui dorment sur une chaise. Ce jour-là, tout le monde se connaît et tout le monde s'aime. On boit aussi, à cause du raisin qui est noir et mis dans les bouteilles, et à cause de la fatigue qui se termine enfin. On rit tout haut, on a laissé tomber la cape, on ne se cache pas. Le village, on ne le reconnaît plus quand il y a la fête, on dirait que tous les problèmes ont été cuits et avalés avec les morceaux de mouton. Grillés et rongés. Les bouches brillent, on y passe la langue. Quand la pâte sera dorée, elle sentira très bon, et les grains de maïs éclateront dans le four comme du pop-corn. Je souris, ma mère me regarde toujours. Perraud vient de sortir. Je lèche mes doigts les uns après les autres. Il y en a dix et ils collent. Ma mère me dit que ceux du village vont sûrement appeler un vétérinaire. Elle me regarde parce qu'elle sait que je ne veux pas qu'on y touche, elle sait que je ne veux pas que tout s'arrête, ils ne comprennent rien à rien, on dirait qu'ils ont déjà oublié, ils ne savent pas de quoi ils parlent, ils ne se souviennent pas que la bête est apparue dans notre pré juste après l'accident. Ils font semblant de ne pas savoir, d'ignorer quelque chose qu'ils ne peuvent pas expliquer avec leurs raisonnements, tout ça parce qu'ils ont peur. La langue du village est chargée, chargée de quelque chose de lourd qui les empêche d'avaler. Ils vont finir par s'étouffer. Et personne ne sera là pour les sauver. Parce que, moi, chaque nuit, quand elle hurle la bête, chaque nuit elle me sauve.

5

Je cours et je le fais exprès. La pluie tombe autour. Il y a mes paupières, mon cou et puis mes bras qui se mouillent. Il fait sombre, c'est l'orage qui vient de commencer et mes vêtements me collent et mes bottes me font mal pendant que je vais sur la route. Au bout, il y aura la maison, mon père qui m'attend et dans ma poche, je sens les bouts de pain qui ramollissent un peu, les bouts de pain qu'on a laissés tomber par terre et que j'ai ramassés sous le saule, celui qui est à l'entrée du village, près de la boulangerie. Après l'école, juste avant de rentrer, je vais presque tous les jours m'asseoir sur le banc, sous le saule. De l'ombre et des branches pendent autour de moi. Je me sens à l'abri, je mets ma tête entre mes mains et je fixe le sol plein de poussière et de cailloux et ce sol, il bouge. Il va vers la gauche puis vers le haut puis il descend, il remonte encore, c'est comme de l'eau qui s'agite quand on boit, c'est du vivant qui remue. Ça zigzague sous les miettes. Il y a des couloirs qui filent droit, des tapis roulants qui passent et repassent, des fils noirs qui se déroulent comme des bobines et n'ont jamais d'accident, jamais de nœuds aux croisements, jamais de pannes ou d'embouteillages. Elles vont vite, les fourmis, elles ne s'arrêtent pas, je regarde d'où elles viennent et je trouve chaque fois ce que je cherche. Parce que sous ce banc, il y a des bouts de pain. Ils sont vieux avec des traces de dents, durs ou mous de la salive des autres, comme des os rongés que je prends entre mes doigts. Je souffle dessus, les pattes collantes restées accrochées se détachent, les fourmis flottent, leurs antennes pétrissent le vide, puis elles tombent par terre, se remettent bien droit et repartent. Je mets les bouts dans ma poche. J'en ramasse huit, neuf, dix et parfois même onze, ma poche devient grosse, on dirait un bœuf. Mon père va être content, c'est pour lui que je prends tout ce pain. Ce soir, on en fera des miettes dans un torchon que je roulerai sur la table de la cuisine en le pressant avec mes coudes et puis, ensemble, on ira le donner aux poules. Elles viennent toujours à toute vitesse en nous entendant. On dirait des folles. Elles trépignent sur leurs pattes en étoile et leurs paupières ridées se ferment à l'envers sur leurs yeux clignotants. Mon père fera sa petite voix de femme, moi pareil et on regardera les poules se disputer les bouts de pain. Je ramasserai les plumes qui resteront. Il en reste à chaque fois. Les lapins aiment bien le pain eux aussi. On leur garde les croûtes. Mon père ouvrira les clapiers un à un, il faut faire très vite, le lapin se recroqueville d'habitude dans le fond mais parfois, il peut avoir envie de sortir pour voir la nature. Alors je jette d'un coup sec le morceau de pain à l'intérieur, j'ai juste le temps d'apercevoir les bouts de nez qui battent comme des petits cœurs, je dis c'est bon et mon père referme le carré de grillage. On fera comme ça le tour des dix clapiers. Puis, quand on aura fini, on secouera le torchon dans l'herbe et on se dépêchera de rentrer à la maison parce que dehors, ce sera déjà un peu la nuit. Mon père me portera peut-être dans ses bras en disant que je suis la mariée.

Parfois, d'autres enfants sont près du saule. Il y a Catherine qui a les ongles marron et Claire aussi, elles habitent toutes les deux au-dessus de la boulangerie, Pierre qui est dans ma classe, Simon, son grand frère, je ne l'aime pas trop. Ils me regardent souvent quand je m'éloigne sur le chemin au milieu des champs, leurs bras sont rouges, ils ont la bouche pleine de sucre, on dirait qu'ils s'ennuient, le dos appuyé contre le mur. Ils m'observent sans rien dire, la tête qui penche. Il n'y a que moi dans l'école qui habite en dehors du village. Peut-être que je leur fais peur avec ma bosse sur le côté. Ils se demandent ce que c'est. Parce que leurs yeux s'écarquillent soudain. Ils pensent que j'ai volé quelque chose. Dans ma poche ils se disent qu'il y a beaucoup d'argent et que j'ai un drôle de sourire. Et tout à coup, ils se mettent à marcher derrière moi, ils me poursuivent, j'entends le bruit de leurs chaussures qui devient de plus en plus fort, ils me font tomber avec leurs pieds, m'écrasent la joue contre le sol, font saigner mon genou, ils arrachent ma grosse poche, la secouent et la vident toute. Les bouts de pain que j'avais ramassés pour mon père sont piétinés sous eux. Je ne vois plus rien... Le ciel se rétrécit. Mais ils n'ont pas bougé, ils continuent à sucer leurs bonbons, le dos appuyé contre le mur, ils me regardent quand je m'en vais sur le chemin et c'est tout ce qu'ils font. Mon bœuf reste bien enflé, il respire contre ma jambe et je sens la croûte d'un morceau de pain dur qui me pique la cuisse. Sur la campagne, la lumière est étrange, c'est gris et orange à la fois, avec des bandes claires, comme si des morceaux de matin voulaient déjà venir se coller dans le ciel. Pourtant, ce n'est que la fin de l'après-midi. Dans les champs, les cubes de terre font des reflets et les corbeaux se regardent dans les flaques. Sur le bord du chemin, il y a des gens qui rentrent chez eux, la journée se termine. À ceux qui me voient passer, qui me crient où tu vas, qu'est-ce qui se passe ma petite, qu'est-ce que tu as dans ta poche, je dis que j'ai une mission très urgente à remplir et je ne m'arrête pas. Je ne veux pas leur parler plus longtemps, je cours, je souffle, ceux qui me voient passer soulèvent les épaules et se disent que je joue. Mais ils se trompent. Je cours, je traverse des champs, je prends des raccourcis, je saute par-dessus des fossés, je grimpe sur des talus, il y a de la boue, des herbes hautes qui font le fouet, des plantes qui se collent à mon pantalon mais je ne sens rien, je ne sens plus ma tête, je ne sens plus mes cheveux, je ne sens plus mes doigts ni mes pieds. Je sens seulement que je dois me dépêcher parce que mon père n'aime pas que je sois en retard. On doit finir le meuble à tiroirs pour ma chambre. Dans la grange, il a installé un établi, il y a un gros étau pour lui et un petit étau en métal pour moi. Je monte sur un tabouret, je mets les planches dans l'étau, je serre bien, je scie à la bonne dimension, là où mon père a mis un trait au crayon, et puis je prépare des trous avec un outil spécial en forme de tire-bouchon qui a une poignée en caoutchouc bleu. Ça sent la sciure, mes doigts sont tout secs et ensuite mon père peut mettre les vis dans les trous que j'ai faits. C'est comme du travail, on ne dit rien, on se concentre, mon père siffle et je siffle aussi parce qu'il m'a appris quand j'avais quatre ans. Il me tarde qu'on ait fini mais c'est long. Parfois, mon père, parce qu'il a fait une erreur, il a mal assemblé des bouts et puis il y a un marteau qui perd tout le temps sa tête, il faudrait en acheter un autre, à force c'est dangereux, parfois, mon père, il s'énerve. Et je n'aime pas quand il s'énerve.

Dans les fossés, je regarde en passant s'il y a des corps. Partout, il y a toujours des petits corps, ceux des bêtes mortes. Ils restent longtemps là, dans les fossés ou sur les côtés des routes, parce que personne ne s'en occupe. Alors, quand on passe et repasse plusieurs fois par le même chemin, on les voit et on les revoit plusieurs fois. Mais ils changent de forme. Un tas noir sur le bord d'un talus, on sait que c'est un chat mort. Un éventail ouvert aplati sur la route, on sait que c'est un oiseau qui s'est fait écraser. Un trait marron dans la terre, c'est un ver sec. Il y a des sauterelles mâchouillées par un chien qui sont restées en boule sur les cailloux et puis des guêpes aux ailes coupées. Aussi, des hérissons devenus rouges, des belettes et parfois un renard qui est encore sur la route, la queue séparée du corps. Il a le ventre gros et le nez qui coule. À côté, au fond du fossé, il y a beaucoup d'herbe et ça fait comme un lit. Je le pousse un peu avec le pied, ça me donne de la chair de poule partout. J'ai peur de voir son sang sur le noir du goudron. Il est raide, c'est dur au bout de ma botte, ses poils se dressent, on dirait qu'il bouge. Je ferme les yeux, je pousse encore et je l'entends qui tombe au fond. L'animal, il peut mourir à tout moment parce qu'il y a toujours du danger partout autour de lui, des voitures qui vont vite, la chasse, les chiens qui grognent, les faucons qui guettent les souris, les pièges qui prennent les pattes. Pour un homme, c'est plus difficile. Ça n'arrive pas comme ça. Mais si on court, on peut glisser, si on glisse, on peut tomber, rouler très loin et ne plus savoir où on est. Il y a des trous qui sont grands et il ne faut pas faire un mauvais pas. Au fur et à mesure, les arbres défilent comme un train, je vais encore plus vite, je pense à ce que je vais faire en arrivant, le repas, mon cartable que je vide, les devoirs, la télé avec les nouvelles du soir, mon père qui dit chut en fronçant les sourcils, le chat qui dort, ma mère qui range. Il commence à faire noir, la lumière vient de passer derrière la ligne droite. La pluie, toujours. Mon père n'aime pas que je sois en retard, que j'aille chez les voisins, que je traîne après l'école. Parce qu'il s'inquiète. C'est comme ça. Il me guette par la fenêtre, il tourne dans la cuisine, il sort pour voir s'il entend le bruit du gravier de la cour, il dit à ma mère de réchauffer le repas, il veut qu'on m'attende pour manger. Où étais-tu ? Qu'as-tu fait en rentrant de l'école ? Par où es-tu encore passée ? J'ai cru que tu t'étais arrêtée chez Jeanne et que tu n'avais pas su retrouver le chemin de la maison après avoir fait trop de détours, tu t'es perdue comme la dernière fois et tu as un peu pleuré, non ? J'ai même pensé que tu t'étais fait mal, que tu ne pouvais plus marcher. Il faut que tu fasses attention à l'étang, ma chérie. Mais ne t'inquiète pas, papa, je sais ce que je fais. Là, c'est la maison du vieux Jean, il est toujours gentil avec moi, il était là le jour de l'accident, il y a de la lumière, il doit boire sa soupe ou lire le journal. Là, c'est le chemin qui mène à la rivière, puis le grand chêne du premier carrefour. Si on continue, on arrive au pré et à la bête. Je sais où je suis. La cabane noire, c'est celle où on range toutes les petites machines. Je compte mes pas, je tourne toujours quand il faut tourner. Je suis partie du village depuis un long moment et sans arrêt j'ai couru. J'ai peut-être dépassé la maison, continué sans me rendre compte, je n'en fais qu'à ma tête... Mais il ne me grondera pas. Ma mère m'aidera à enlever mon pantalon plein d'eau, mes chaussettes, mon pull. Elle me frottera entre deux serviettes comme une salade. J'éternuerai peut-être, je me plaindrai un peu, et puis je voudrai mon lit. Je donnerai le pain à mon père, il me dira que les poules attendront et me bordera très serré. Je serai au chaud, chez moi. La maison est tout près maintenant. Mes genoux me brûlent et mes cheveux collent. Il y a toute cette eau. Je pousse le portail qui ne ferme pas bien. La porte est ouverte mais je regarde d'abord à travers la fenêtre et le rideau à trous. Mon père ne m'attend pas. Il n'est pas là. Il ne s'est pas inquiété du tout. Mais ma mère, je la vois qui arrive, elle m'a entendue, elle était dans une autre pièce. J'entre, je me secoue, je suis un petit chien, je me précipite, où est papa ? Il est dans la grange ? Il continue mon meuble ? J'ai du pain pour lui, il m'a attendue pour les poules ? Ma mère m'aide à enlever mon pull et mon pantalon et va chercher une serviette dans l'armoire. Elle frotte fort, je le savais, elle me frotte toujours fort et ma tête part en arrière. Je secoue mes cheveux. Les gouttes d'eau font des trous blancs dans le sol. Ma mère, sa bouche est un peu tordue, ses yeux brillent, elle a une plaque plus rose sur le front, soudain elle n'est pas belle et puis elle me sourit, elle m'embrasse et me serre contre son tablier. Il sent la soupe. Je suis mouillée, je n'aime pas quand elle me presse comme ça, je ne peux plus respirer et parfois ça dure trop. Qu'est-ce qu'il y a ? Pourquoi t'es bizarre, maman ? Qu'est-ce qu'il y a ? Ma chérie, tu te souviens pourtant, tu te souviens bien... Elle m'étouffe. Oui, je sais, il est mort. Il est mort, il est mort, il est mort, il est mort, il est mort, il est mort, il est mort, il est mort, il est mort, il est mort, il est mort, papa, à répéter cent fois, mille fois, deux mille fois, à écrire en majuscules sur mon cahier de classe, à réciter par cœur, à connaître sur tous les doigts pour la semaine prochaine. Mais parfois, je ne me souviens plus de la leçon qu'il fallait que j'apprenne. Et je sors les bouts de pain de ma poche et je vais les mettre sur le radiateur dans ma chambre. Demain, j'irai quand même en chercher d'autres. Mais non, demain, je ne pourrai pas, non, parce que demain, c'est mercredi, et le mercredi, c'est le jour des tombes.

6

C'est de l'autre côté du village et je déteste y aller. *À Paul, sans toi, la vie ne m'est plus rien.* Souvent il faut partir le matin, même s'il fait encore froid, parce que comme ça l'après-midi, on peut faire autre chose. On est obligées de traverser tout le village par la grande rue du milieu, il n'y a pas d'autre chemin ou ce serait vraiment un trop grand détour. *À Juliette, tu étais notre soleil, la nuit est devenue ta demeure à jamais.* Alors tout le monde nous voit, tout le monde nous dit bonjour ou nous fait un signe de la tête, même ceux aussi qui restent derrière la fenêtre de leur cuisine et qui bougent à peine de leur chaise pour écarter les rideaux gris qu'on ne change jamais parce qu'il vaut toujours mieux avoir des rideaux

aux fenêtres que rien du tout. *À notre père, nous resterons inconsolables.* Et moi, j'ai un peu honte avec, dans ma main, le bouquet qu'on vient de cueillir ou la plante que ma mère a prise dans le jardin et qu'on va enfoncer de nouveau dans la terre. *À Claude, mon amour, je ne t'oublierai jamais.* On y va pour mettre des fleurs, des vraies – ma mère est contre les fausses, les bouquets en plastique ou en porcelaine avec les pétales peints –, on y va aussi parce qu'on dit qu'une tombe doit rester bien propre, c'est du respect pour le mort. L'entretien, c'est important. Arracher les petites herbes qui poussent sur papa, *À Thérèse, tu resteras éternellement vivante dans nos cœurs*, au bout d'une semaine il y en a toujours plein de nouvelles et des mauvaises en plus, nettoyer la plaque, le nom, la date de naissance et la date de mort. La pluie laisse des traces sur le marbre noir, la poussière colle, les oiseaux font des crottes, il y a beaucoup à faire, comme dans une maison. *À Émile, que le Seigneur te protège.* On y va pour pleurer aussi, mais moi je déteste. D'abord, la grille est en fer noir avec des pointes qui montent haut. Des décorations avancent vers nous. *À*

Amélie, regrets éternels. Il y a des anges et des trompettes, des fleurs qui font le tour des barreaux avec, au bout, des pétales piquants, des ailes d'oiseau plantées en cercle, des cœurs, des étoiles et des croix, tout ça mélangé pour faire joli, mais la grille reste froide sous mes doigts quand je la pousse et elle grince en raclant le sol. *À Charles, ta vaillance et ton courage t'ont enlevé trop tôt à notre affection.* Il y a du gravier et on entend les gens qui marchent, ça grince aussi très lentement sous leurs chaussures et ça fait un peu comme dans une histoire qui donne du frisson. Tout le monde baisse la tête, on dirait qu'ils ont peur que quelque chose sorte de la terre, quelque chose avec des longs bras et beaucoup de mains. Quelque chose qui viendrait nous attraper le bas des jambes pour nous emporter. *À Marie, nous te pleurerons jusqu'à notre mort.* Alors moi aussi je baisse la tête, je fais attention, je guette, je regarde si ça remue, mais c'est aussi pour ne pas voir tous ceux qui ballottent de la tête comme des chèvres quand ma mère et moi, on passe à côté d'eux. *À Noël, notre petit enfant bien-aimé.* Il y a souvent la mémé Bataille, qui est tout le temps en train de gratter la terre avec un petit râteau pour y planter des azalées en ligne, et un vieux aussi qui a l'air perdu, il ne trouve jamais la bonne plaque, il n'y voit plus très bien. Il m'a même demandé un jour de lire le nom et les dates de la tombe qui était à côté de la nôtre, pour savoir s'il était bien au bon mort. *À Henri, avec toute notre gratitude.* La tombe de mon père est grande, une grande dalle noire où il n'y a que son nom d'écrit. Elle est pour lui tout seul mais moi, quand je serai morte, j'irai avec et on ajoutera mon nom sur la dalle. Ma mère me tient par la main, elle fixe un point je ne sais trop où et se met à murmurer des choses. *À Lisa, la vie n'a pas eu le temps de t'aimer.* Moi, j'ai envie de faire pipi, ça me pique et je n'aime pas rester là. Alors je lâche sa main et je vais m'occuper. Autour de la tombe, il y a des bandes de terre, je dois creuser un trou avec les mains ou enlever une vieille plante crevée et mettre la nouvelle qu'on a apportée. *À Julien, avec nos sincères condoléances.* J'ai de la terre plein les doigts, je m'essuie sur mon pantalon. J'ai toujours envie de faire pipi. Après, il faut que j'aille remplir un arrosoir en fer qu'on se prête entre gens du cimetière, le seul robinet qui marche est à l'opposé, et je dois tout retraverser. Sur chaque tombe en rectangle juste au bord de l'allée, il y a une écriture gravée, une phrase de poète ou alors des compliments, *À mon Jean, la mort n'existe pas*, et il y en a tellement que ça brouille les yeux. En dessous des écritures, il y a des photos, souvent, qui ont été mises dans des petits cadres, des visages délavés, des jeunes hommes tristes avec des chapeaux de soldat, des mariées, des petits enfants. *À Pierrot, tu étais notre frère et notre ami, tu n'as jamais manqué à tes devoirs, la mort injuste t'a frappé au combat.* À la fin de l'allée, il y a un homme qui a une grande cicatrice sur la joue et un sourire avec des dents trouées. Autour de lui, c'est rouillé. Toujours je le regarde en passant, cet homme, je ne peux pas m'en empêcher, parce que sa cicatrice, on dirait qu'elle bouge certains jours, ses yeux, on dirait qu'ils brillent, ça fait peur, j'ai chaud et je me mets à courir et des vieilles me disent chut en grognant, à cause du gravier que j'envoie sur leurs chaussures. *À Bertrand, éternellement.* Le robinet est juste en dessous de la grande croix de Jésus qui est en fer comme la grille. Il a un pied qui manque et une couronne qui lui rentre autour de la tête. Ça fait mal. *À Elizabeth, ta beauté éclairera toujours nos souvenirs.* Le robinet est très dur à ouvrir, j'ai les mains glacées, l'eau sort toujours brusquement quand je ne m'y attends pas, elle m'éclabousse et mes chaussures sont toutes trempées. J'ai encore plus envie de faire pipi et j'ai des larmes qui montent à chaque fois. *À René, avec toute notre affection.* L'arrosoir est lourd, je vais souvent de travers quand je le porte, et il faut que je marche un long moment avant de retrouver mon père, je ne sais pas pourquoi, je ne reconnais jamais très bien le chemin quand je le fais en sens inverse, le gravier me ralentit, les plaques des morts se ressemblent toutes, et les arbres aussi sont les mêmes partout. *À Mylène, quelques fleurs, toutes nos pensées.* Quand j'arrive, ma mère est toujours debout, je la vois, elle est un peu rouge. Je pose l'arrosoir à ses pieds, je lui montre mes chaussures dont le bout est devenu plus noir, je lui dis que j'ai froid, que je n'ai plus rien à faire et que j'ai envie de rentrer. On s'occupe de la plante, puis on va reposer l'arrosoir où il était, on va voir aussi la tombe de la tante Yvette que je n'ai jamais vue sauf en photo, je redis que j'ai les pieds mouillés et puis pipi et à force, on s'en va. *À notre oncle, parti en Afrique pour défendre les siens.* Ma mère me reproche de piétiner toujours à côté d'elle en bougonnant, pourquoi je n'aime pas aller au cimetière, pourquoi je ne dis rien, pourquoi je ne pleure jamais, pourquoi je suis toujours pressée de rentrer. *À Yvonne, nos plus fidèles pensées.* Elle dit qu'il nous voit et qu'il est content qu'on aille sur sa tombe. La grille vient de se refermer. Dans ma tête, j'ai l'homme à la cicatrice qui bouge et je n'ai pas envie de répondre. Je veux retrouver ma chambre et je lui dis juste que mercredi prochain peut-être, pour lui faire plaisir, je me forcerai. *À Jacques, qui nous manque.*

7

La nuit, tout le monde dit qu'on n'a rien à y faire, rien à y voir, rien à y entendre, juste à y dormir. Seulement du silence avec des craquements, tout est épais, on s'y enfonce loin, c'est de la grosse fourrure, on ne voit plus à un pas devant, on ne sait plus où on est, presque sous terre. Et il fait chaud et mouillé à la fois. Mais moi, maintenant, dans la nuit, je dis qu'il n'y a pas rien car j'entends quelque chose. La première fois, on croit que ça miaule, mais un chat, ça ne fait pas comme ça. On croit que c'est un rat qui a faim, mais un rat ça ne fait pas comme ça non plus. Non, c'est autre chose. C'est énorme comme des morceaux de montagne qui grondent, c'est de la roche qui s'écrase tout en bas, un son qui glace le dos et puis les mains, et chaque fois que je l'entends, j'ai l'impression qu'il est encore plus fort. Je ferme les yeux, c'est un beuglement, un meuglement, un hurlement et on dirait qu'on l'arrache à la gorge, et elle ne veut pas s'en séparer, la gorge, elle se débat avec le cri, le cri qui est long comme du tonnerre qui roule, avec des éclairs aussi, et ils déchirent le noir, chaque soir, de ma chambre. De mes murs. De mes draps. De toute ma figure. Quelque chose de strident qui ressemble à une alarme d'incendie. D'un seul coup, tout le calme est brûlé. Ça fait un trou et on y tombe. Mais moi, j'aime ce cri. Les petites filles du village tremblent dans leur lit et remontent leurs couvertures au-dessus de leur tête et souvent crissent des dents parce qu'elles ont peur. Elles appellent leur maman, elles pleurent. Mais moi, j'aime ce cri. Mes nuits, je les veux remplies par ce cri, comme des verres d'eau, les unes à la suite des autres, à ras bord. J'ai soif et les nuits d'avant, je n'en veux plus du tout. Avant, très vite, toujours je m'enfonçais dans le sommeil, parce que le sommeil, c'est comme de la vase, on s'y noie sans le vouloir, ça colle, on se débat et c'est pire encore, avec le vide sous les pieds et les rêves qui n'y font rien. Mais maintenant mes nuits, elles sont blanches avec des rayures noires et rouges, comme ma jupe qui gratte, et j'ai la même jupe que les filles qui ont peur dans leur lit et qui se cachent quand elles entendent le cri. Elles sont striées, mes nuits, ouvertes en deux, elles me démangent et je les fais saigner, elles sèchent, j'ai soif et je les ouvre sous mes ongles puis je les fais saigner encore, mes nuits, comme des maladies qu'on ne peut pas guérir, car elles sont toujours plus grandes dans la peau. Parce qu'au milieu des nuits coupées en deux, je ne suis plus toute seule, il y a quelqu'un qui crie en même temps que moi, et même plus fort que moi, et ces nuits nouvelles, c'est à la bête que je les dois, la bête blanche qu'on a trouvée dans notre pré un matin, le matin après mon papa mort, juste après, la bête aux gros yeux qui me regardent en mâchant et mon père, il me regardait aussi, la bête blanche qui ne ressemble à rien de possible et qui n'en finit jamais de hurler et de gratter avec son sabot toute la croûte qui me recouvre.

Alors chaque jour, j'attends le soir. Après le dîner, je monte les escaliers en courant dès que le ciel noircit un peu, je me déshabille, mes pieds sont glacés et je les frotte l'un contre l'autre, des poussières tombent sur le sol, je me glisse sous les couvertures. Elles sont lourdes, il y en a deux, une qui pique et une non. Je me réchauffe. Sous mon dos, c'est mou et ça sent bon. À travers les volets fermés – ils font des raies, comme les barreaux d'une prison mais dans l'autre sens – je vois bien qu'il n'est pas vraiment tard, je suis montée trop tôt, il y a encore du jour, ça commence tout juste, il va falloir attendre, attendre que les raies des volets ne se voient plus du tout. Le calme dehors, plus de chien qui aboie, plus de bruit de vaisselle, plus personne qui parle sur la route du bas. J'attends que toute la campagne soit lisse. Parfois, je le sens, je m'endors avant le noir complet, mes yeux me quittent, tout se sépare, c'est le début de la descente mais au fond de moi il y a toujours l'envie de ce qui viendra me réveiller, mes mains qui deviennent moites, ma bouche sèche et ce goût de larmes qui remplit tout à l'intérieur de ma tête, me pique le nez et puis mon corps qui se referme et mon ventre qui fait le nœud.

La peur souvent aussi. Elle me tient les yeux ouverts. La peur qui attend le moment où ça va commencer, qui compte les minutes, qui a chaud et qui se raidit quand rien ne vient. Dans le noir, la peur du vide parce que cette nuit peut-être elle ne hurlera plus. Cette nuit peut-être, elle sera fatiguée, elle se taira, elle oubliera dans sa gorge le bout de cri parce que le bout de cri sera tout sec. Cette nuit peut-être, la bête ne se réveillera pas. Je me sens serrée. Ma langue est sèche. J'ai peur de devenir sourde comme les mémés du village. Quand on tape contre un ballon en caoutchouc, ça ne fait pas de bruit. Pas d'échos, juste des coups. Ne rien entendre alors qu'il se passe quelque chose, ce serait ça le pire. Le monde ne serait plus qu'une chose muette. J'ai peur de dormir dans des draps de malade, trop blancs, ils paralysent et arrêtent mon cœur, de la peau qui ne vit plus, rien qui se passe autour, une longueur interminable, quelque chose d'étiré, de déformé dans les miroirs de la grande foire, des heures toutes tordues qui marchent à pas de tortue. Et j'ai peur de redevenir petite avec mes jambes serrées dans mon berceau, petite comme quand on ne peut rien contre ceux qui commandent et qu'on doit fermer les yeux et être sage et ne rien dire. On ne sait même pas que l'on dort tout le temps. Non, ma nuit, toujours, je la veux tranchée par le cri, tranchée en deux, exactement, avec ce bruit net que fait le couteau sur la table quand je coupe une pomme.

À l'aube, il y a le calme du ciel qui reprend. Il y a l'air rose, l'odeur du matin, le sifflement des arbres. Mon lit est tiède et ma chambre est encore sombre par endroits. Je me réveille avec, au ventre, une faim de sanglier. J'ai faim d'une faim atroce, c'est un puits, mon ventre, de la terre qu'on a creusée très loin. La nuit m'a fait un trou à l'intérieur et je me sens comme une tombe qu'on doit remplir avec quelque chose de vivant. Je descends alors très tôt les escaliers, ils sont froids et je suis la première. Tout est bien rangé dans la cuisine, il y a du silence, les chaises contre la table, les assiettes dans le placard, la nappe pliée près de l'évier. On dirait qu'il ne s'est rien passé ici depuis des années. Mes pieds sont nus, je sautille, je renifle, mon nez se tend en avant vers tout ce qui m'attend et je me mets à dévorer. Je dévore le pain, je dévore le lait, je dévore le sucre, le miel et les morceaux de chocolat, je dévore les poires, les amandes, le pain encore, les bananes, l'eau, les biscuits, le bol, la confiture rouge et toute la cuisine, je dévore pour ne plus sonner creux, je dévore parce que, pendant la nuit, j'ai été dévorée toute.

8

– C'est vrai qu'elles sont très grosses l'hiver et mon chien, il est descendu comme un fou au fond de cette raideur quand il a senti l'odeur... C'est un bon chien, celui-là, mon meilleur depuis des années et puis son poil, il est bien fourni, avec tout ce que je lui donne à manger, faut dire...

– On l'a vue de loin, la marmotte, et elle est passée sur lui plus d'une fois, à lui planter les pattes dans sa pelisse noire, à faire des bonds autour en plissant le museau, à le renifler jusque dans le col, on aurait dit qu'elle voulait une seule chose, rentrer sous son manteau. Parce qu'il devait encore y faire bon chaud là-dessous. Elle voulait plus partir et nous, on osait pas s'approcher plus près.

– Mon chien, en premier je l'ai retenu, je voulais savoir ce qu'il avait repéré là et puis quand j'ai vu ce que c'était, je l'ai lâché, et il l'a coursée plus de la moitié d'une heure, la marmotte, j'en étais même dans l'inquiétude à force de le siffler. Il y a des drôles de trous par en bas, je voulais pas qu'il aille se coincer une patte ou se tordre le cou...

– C'est le sang, moi, que j'ai vu d'abord, le sang sur sa tempe. Ça m'a fait tout froid et avec les autres, on s'est dit que c'était drôlement malheureux de découvrir ça et on s'est demandé comment il avait fait pour se retrouver là, avec toute cette terre dans les cheveux.

– La pierre à côté de sa tête, elle était un peu rouge aussi.

– On a fait vite ensuite. J'ai mis ma main sur sa poitrine. On a fait vite parce qu'au début, on a cru que c'était juste de l'évanouissement, on voulait pas s'y résoudre, mais c'est vrai que ça bougeait plus sous son manteau.

– Il connaissait bien le chemin pourtant, avec le virage et les petites broussailles à griffes, le passage plus serré pour juste une personne, pas deux pas trois, et encore pas trop grosse la personne, et le rocher au tournant qui est tout raide avec son angle gris comme une pointe, même que si on s'y heurte dans le noir, on peut s'en couper les habits. Je le sais, mon pantalon, il en a été rudement déchiré une fois...

– Je me souviens que derrière lui, juste plus loin, il y avait l'eau du ruisseau qui coulait et moi, pendant que je le regardais avec mon œil fixe, ça faisait flou parce que je pensais à tout ça, à lui, à la mère, à la petite, j'entendais la voix de l'eau.

– Mon chien, il revenait pas mais je l'écoutais dans le lointain qui s'agitait dans les fourrés avec des petits jappements de fille.

– J'ai vu que son oreille aussi, elle avait de la boue et elle brillait encore un peu avec le soleil. Ça m'a fait penser que deux jours avant, il m'avait dit une folie à propos de ses oreilles. Où sont mes oreilles d'origine, il m'avait répété, où sont mes oreilles d'origine, celles qui entendaient parfaitement les craquements du fond, et il avait la bouche pleine de salive, où sont celles qui sont très grandes et le lobe étiré jusqu'au pied, qu'il disait, c'était vraiment du délire quoi...

– Et pourtant il buvait pas une goutte. Parce qu'il y en a qui boivent au goulot et qui, au bout de la journée, sont rien que des catastrophiques, et même parfois des dangereux. Lui, c'était pas ça, non c'était autre chose, quelque chose de difficile à dire, comme une espèce de mélancolie qu'on voit parfois chez les chiens à gros plis.

– Le mien est arrivé à la fin avec des boules de plante collées partout aux poils, ça m'a pris des heures avec le peigne dur. Et sa langue était comme une feuille de papier toute plate qui lui sortait de la gueule en gouttant. Je l'ai caressé longtemps... J'aurais jamais cru que celui-là, un jour, il me sentirait un mort.

– Quand on l'a soulevé, tu te rappelles, il était plus lourd qu'un cheval... En fait, on sentait qu'il était lourd d'autre chose...

– C'est peut-être à cause de ça d'ailleurs, à cause de ce qui lui pesait à l'intérieur, qu'il voulait toujours marcher...

– Oui, mais il a trop avancé, il a trop couru en avant, le pauvre vieux, trop en avant, ça doit être ça et il l'a pas vu, ce foutu ravin, pas du tout.

9

D'abord, j'ai pris un carton assez grand et avec mes ciseaux, j'ai découpé dedans une forme en étoile carrée. En fait, ça ressemblait plutôt à une croix, comme celle de la boîte à médicaments, deux petits pansements l'un sur l'autre. Puis j'ai plié le carton et j'en ai fait une sorte de boîte. J'ai collé les morceaux ensemble, en appuyant fort sur le tube, j'ai ajouté un morceau de carton plié en deux pour faire le toit et j'ai regardé ma petite ferme. Elle était un peu vide. Alors j'ai fabriqué une échelle avec des bouts de bois et de la ficelle, je suis allée chercher de la vraie paille dans la grange et puis de l'herbe aussi et des cailloux dans la cour, j'ai trouvé un couvercle de pot de cornichons dans la terre, je l'ai lavé et transformé en bassin, j'ai collé un rectangle de carton à l'intérieur de la boîte pour que ça fasse un étage en plus, j'ai appuyé l'échelle contre, j'ai plié du papier en accordéon pour l'escalier et j'ai mis du coton sur le toit et aussi par terre parce que je voulais que ce soit toujours l'hiver. Et puis, j'ai posé la ferme sur l'étagère à côté de mon lit et je les ai tous mis dedans.

Avant de me coucher, un à un, toujours je les compte, je les caresse, je les frotte, je leur parle, je sais qu'ils sont là et dans le noir, je vois la clochette de la chèvre qui fait des reflets sur le mur. La chèvre mesure à peine trois centimètres de haut. Je l'ai trouvée au marché, sur une table, à côté d'un tas de vieilles assiettes. C'est mon père qui me l'a achetée, elle lui a coûté dix francs. Elle est en porcelaine, ses sabots sont noirs, son museau gris est petit avec des poils de barbe dessinés dessus, sa queue fait comme un bouton contre sa cuisse, ses oreilles ont l'air de bouger et autour de son cou, il y a une clochette qui pend, attachée à un ruban rouge. On dirait une dent. La clochette a un son aigu comme dans le haut des montagnes. Sous les pattes de la chèvre, il y a un socle et on a gravé dessus le mot « Auvergne ». J'ai mis la chèvre près du bassin. J'ai une poule aussi mais qui est plus grosse que la chèvre. Quand je les mets côte à côte, parfois je ne sais plus qui des deux a raison. Son bec est très pointu et ses plumes sont vert et jaune avec un peu de rouge. Les yeux sont mal peints, on a l'impression qu'elle louche, et elle me fait rire quand je la regarde en face. J'ai mis la poule sur la paille. Le mouton, c'est le plus gros, au moins six centimètres de haut. Ses bouclettes font des petites bosses sur son corps quand je le caresse, ses sabots sont un peu minuscules par rapport à ceux de la chèvre, il ne tient pas bien debout parce qu'il n'a pas de socle et ça lui donne un air triste. Sur sa tête, il y a deux cornes grises et elles font comme une poignée collée à une sorte de couvercle. Si je le soulève, il y a un creux et ce creux, il est dans tout le corps du mouton. Je pourrais le remplir avec mes dents de lait, mes morceaux d'ongles, mon eau qui sent bon ou mes carrés de réglisse. Mais j'ai juste mis un caillou à l'intérieur. Quand je secoue le mouton, ça fait sonner le vide et ça lui donne toute sa voix. Elle résonne. J'ai un canard aussi mais il n'est pas en porcelaine, il est en plastique.

Je l'ai trouvé par terre, il devait être à quelqu'un avant parce que sa patte est mordillée au bout. Il a un beau bec orange mais il ne ressemble pas du tout aux canards que je connais. Ses plumes sont beiges, il est très mince, sa tête a une drôle de forme, elle est plus grosse que son corps, comme celle du fils Arnal qui ne dit jamais rien à l'école. Sur une de ses pattes, celle qui n'a pas été mordue, il reste un peu de velours rouge qui avait été collé là et j'aime bien toucher ce petit endroit. Le canard, je l'ai mis dans le bassin. Mon cochon est vieux et il est presque blanc. Il était à ma mère quand elle avait mon âge. On voit encore du rose sur l'arrière de ses oreilles, et aussi sous son ventre et en bas de ses pattes. C'est le plus petit de mes animaux de la ferme. Un soir, j'ai failli l'avaler en le mettant dans ma bouche. En fait, ce n'est pas un cochon, c'est une truie parce qu'il a des petits tétons qui lui poussent sous la peau. Quand on touche, ça chatouille. Souvent, je mets le cochon sous la poule, il passe juste et il a bien chaud. C'est un œuf rose.

Et puis il y a la vache. Elle, elle doit faire quatre centimètres de haut. Elle est toute noire avec des taches blanches. C'est une vache qui a un socle comme la chèvre mais sans rien de gravé et qui a un tout petit bidon de lait posé sur l'herbe dure. C'est comme un vrai, je peux le prendre, il a une anse qui est fine, un couvercle qu'on peut soulever et ce qui est bien, c'est qu'à l'intérieur, il y a quelque chose de blanc. Mais ce n'est pas du lait liquide, c'est du lait séché. Souvent, je gratte le lait dur avec mon ongle, je presse dessus pour que la petite plaque se casse, parce que je me dis qu'il y a sûrement un vide en dessous et, caché là, quelque chose de secret. Un jour, le bidon est tombé par terre, il a glissé dans une fente entre les planches du parquet, et quand je l'ai retrouvé, le lait n'était plus à l'intérieur. Il avait disparu et il n'y avait que du vide à la place. Rien de secret caché au fond. Le bidon était normal, comme tous les autres bidons. J'ai regretté d'avoir perdu le lait, parce que c'était ce que j'aimais le plus dans ce bidon. Mais quelques jours plus tard, en regardant la vache avant de m'endormir, j'ai remarqué qu'il avait changé de place. Je l'ai ouvert et j'ai vu que le lait était revenu à l'intérieur. Je n'ai jamais su comment. J'ai reposé le bidon où il était. Et souvent, je gratte le lait dur, parce que je sens, malgré tout, qu'il y a quelque chose de caché là. Juste en dessous.

Papa, il était devenu comme le petit bidon. À l'intérieur de lui, il y avait un secret mais on avait beau gratter pour savoir si quelque chose était dessous, à attendre qu'on vienne l'y chercher, ça restait toujours en travers et ça ne voulait pas bouger. Papa avait quelque chose de coincé à l'intérieur, quelque chose qui ne passait pas.

10

Souvent, quand je suis dans mon lit, je le vois, il me regarde et je le regarde aussi, sa bouche est sèche, bouche triste. Et la neige, la promenade, le trou noir tout au fond me regardent et je les regarde aussi. Ma grand-mère qu'on a trouvée sur sa chaise me regarde sans bouger avec ses yeux de poisson plat et je la regarde aussi. Les hommes sur le chemin qui avancent lentement en soufflant devant eux me regardent et je les regarde aussi. La nappe, la table, le livre me regardent, les gens du village me regardent. Même ma mère dans la cuisine, grise comme la serpillière, ma mère qui me dit doucement qu'on n'y peut rien, ma mère qui me serre contre sa robe chaude, même elle, elle me regarde sans me laisser du temps. Elle peigne mes cheveux, ma tête part en arrière et je la regarde aussi, mais à l'envers. Son visage sans lèvres. Ses yeux à la place. Elle me regarde comme elle avait déjà commencé à me regarder le soir, pendant les derniers repas.

On est ensemble, tous les trois, la toile cirée a des fleurs jaunes, il y a des assiettes pleines de bonnes choses avec de la fumée qui monte, de la soupe de légumes ou de la viande en sauce, du gratin au fromage, du ragoût et des flageolets, de la saucisse qu'on a fait griller dehors, et on se met du noir sur les doigts en mangeant, de la vraie purée aussi mais mon père, lui, on dirait qu'il ne voit plus rien de tout ce qui est là, devant lui, sur la table. Il ne dit plus rien non plus. Il regarde ma mère puis il me regarde et ses yeux qui vont un peu au hasard, je sens bien qu'ils ne me voient pas. Ses paupières sont fixes comme celles de ma poupée, ses cils sont collés. Il est plongé dans quelque chose de bien pire qu'une église, il est plongé dans son énorme silence à lui. Et il y en a partout, c'est comme de l'eau qui envahirait la cuisine. Elle prend d'abord nos pieds, monte de plus en plus haut, elle nous fait glisser par terre et on n'entend plus rien, sous l'eau c'est même pas la peine d'essayer, les bruits se perdent comme au fond de la piscine quand on y va le jeudi avec l'école, on se fait des signes, on s'agite mais on ne peut pas se comprendre, on ouvre des grands yeux, on avale des bulles qui ont un goût mais on sait qu'on n'arrivera à rien et le silence de mon père, c'est ça. Je mange du jambon, j'enlève d'abord le gras. Ma mère me demande ce que j'ai fait à l'école aujourd'hui, ma mère me pose des questions, alors je lui raconte la géographie de la France, les Alpes, les Pyrénées, l'océan Atlantique, les volcans, la croûte et la boule qui brûle sous la terre, je dis que j'aimerais bien prendre le train un jour, visiter des choses et je demande à mon père s'il a déjà vu l'Auvergne et lui, il me répond juste hum ! en aspirant sa soupe. Il est en retard. Moi, j'ai presque fini. Mais on ne fait plus la course depuis des mois. Ma mère prend le gras du jambon que j'ai laissé au bord et elle le met dans son assiette. La lumière est forte au-dessus de nos têtes, ça écrase les assiettes. J'essuie mes mains sur la serviette à carreaux et quelqu'un fait craquer ses doigts. C'est mon père qui s'est mis à mâcher sa viande à peine cuite parce qu'il préfère quand il y a du sang. Ses joues qui piquent font une bosse sur le côté droit puis sur le côté gauche, son nez n'a pas de poils qui lui poussent en dehors comme au vieux Jean, sa figure est penchée, ses cheveux luisent, et il boit et il mâche. Il mastique très lentement chaque bout, on dirait qu'il a peur de s'étouffer, et tout le repas continue comme la chaussure dans le film de Charlot où il neige tout le temps. Il rumine, papa, sans arrêt il rumine, c'est quarante ou parfois cinquante fois sa mâchoire qui bouge pour un petit morceau. Ses oreilles bougent avec, mais avant, il le faisait exprès pour me faire rire, elles bougeaient en décalé et il m'attrapait aussi le nez avec sa main et j'y croyais vraiment. Maintenant, ça bouge bêtement parce que c'est comme ça et il n'y est pour rien. De temps en temps, il sort un soupir qui donne des vagues à son front, et je me demande où il a mal. Je regarde ma mère qui ne dit rien quand il souffle, elle ne dit plus grand-chose, à part des questions sur l'école et des remarques sur ce qu'on mange, j'ai pas assez poivré le rôti, j'ai fait un peu trop cuire les pâtes, j'aurais dû ajouter des tomates. Elle se lève pour aller éteindre sous la casserole et la toile cirée colle à ses coudes. J'ai fini mon jambon, je ne veux plus de purée, elle est froide et j'ai envie de partir de table. On a le petit meuble à terminer, ça fait des jours et des jours que mon père l'a oublié, il ne veut plus y travailler, et ça fait des jours que je le boude à cause de ça. Je n'y arriverai pas toute seule. Je veux partir de table et puis dans la cuisine, il y a une mauvaise odeur, ça doit être un fromage qu'on a oublié au fond d'un placard, il a du bleu sur le dessus, du pourri et si ça continue, des asticots vont venir y faire des trous et le fromage va bouger. Je regarde mon père, je lui dis que je vais dans la grange voir si tous les outils sont bien à leur place, il m'attrape par le pull en passant, m'embrasse les cheveux, il me dit qu'on va s'y remettre à mon petit meuble, mais qu'il faut que je comprenne, des soucis de travail, c'est rien, ça passera. Je ne vois pas pourquoi ses soucis l'empêchent de venir scier des planches avec moi. Il est mouillé dans le cou, il renifle, il a chaud. Je sors de la cuisine. En fait, c'est lui qui sentait si fort.

Et toujours ils me regardent, leurs yeux suspendus au plafond comme des boules de Noël, leurs yeux qui se balancent au bout d'un fil et tournent sur eux-mêmes. Ils me regardent quand je dors, ils me regardent quand je me lave, ils me regardent quand je mange et quand je cours. Leurs yeux me disent que je suis une pauvre petite, une malheureuse, parce que mon père a eu un accident, ça arrive vous savez, on ne peut jamais prévoir, parce que ma mère pleure, parce que mon enfance a été comme coupée en deux, plus la même qu'avant, jamais. Ils l'ont dit. Plus la même. Et ils viennent à la maison, tous ceux du village, ils sont gentils je sais, ils apportent toujours quelque chose avec eux, du miel, des fromages, des livres pour moi parce qu'il faut que je change mes idées, parce que je suis une petite fille, j'ai à peine neuf ans, et c'est trop tôt pour voir les choses en vrai. Ils me regardent avec leurs yeux plissés, ils me caressent la tête, ils sourient sans rien dire d'abord et ils frappent à la porte. Et c'est tout le temps, toute la journée, toutes les heures qu'ils frappent. Parfois on dort un peu dans l'après-midi du dimanche et les coups donnés sur la fenêtre de la cuisine claquent dans ma tête comme des balles de fête foraine qu'on lance contre une tête qui fait la grimace. C'est pas facile de la toucher, pas facile de gagner. Il faut viser juste et ils frappent à la porte. Parfois, ils n'attendent pas qu'on vienne leur ouvrir, ils entrent parce qu'on ne doit pas rester seules avec ma mère, ils entrent et ils parlent de ce qu'ils font en ce moment, de ce qui se passe au village, des aventures des autres et des morts des autres aussi. Pour nous consoler et nous dire qu'on n'est pas les seules et puis surtout, qu'il n'a pas souffert, mon père. Alors qu'il y en a d'autres, les pauvres, qui ont des maladies très longues avec leurs cerveaux qui se défont par morceaux et des choses pas belles qui leur grignotent le corps, et il paraît qu'ils disent, ces malades-là, qu'ils préféreraient déjà être passés de l'autre côté. Et puis ils nous expliquent que pour la famille qui doit aller à l'hôpital à l'autre bout de la vallée, c'est vraiment pas facile non plus. Tandis que pour lui et pour nous, finalement, ça s'est passé très vite, et il vaut mieux ça parfois, il faut le reconnaître, il vaut mieux ça, même si on sait que ça n'enlève pas la peine et tous les manques. Je ne dis rien quand ils parlent avec leur café au lait dans les mains, leurs mots tremblotants et leurs joues rouges. Ma mère coupe du gâteau, elle répond bas, elle remercie de la visite. Ses doigts sont glacés. C'est vrai, ça n'enlève rien du tout à la peine, rien du tout et ça ne fait même que du grand poids en plus.

Sa voix était devenue cassée. Il dit qu'il ne se sent pas bien. Il dit qu'à l'intérieur de lui, c'est comme si on était en train de faire pousser une forêt, quelque chose d'immense et de violent qui grandit alors qu'il n'y a pas assez de place, quelque chose de plus fort que lui qui le remue et lui fait trembler les épaules. Tout en parlant, il s'accroche au dossier de la chaise. Il répète plusieurs fois qu'il ne voit plus clair dans les choses, qu'il repense trop souvent au temps des tracteurs, des moissons, de l'argent, au temps de sa mère, il dit qu'il y pense trop et que ça l'empêche de tout reprendre en main, il a besoin de temps. Il répète aussi qu'il n'arrive pas à rester à la maison, qu'il étouffe, et c'est vrai qu'il est comme un loup. Son museau s'allonge quand il regarde par la fenêtre, il voit les plantes, elles se plient, les mouches passent devant le soleil, les nuages marchent, tout va avec des grands bruits d'arbres et de l'agitation. Alors, il faut qu'il parte, il ne peut plus attendre, il faut qu'il parte tout de suite. Il sort audehors et tous les jours, dans la campagne, il va marcher. Il va marcher sur les routes qui bordent les champs, en passant par le village ou en n'y passant pas, en prenant des sentiers qu'il connaît ou des chemins qu'il n'a jamais vus, il va marcher au hasard avec son pantalon qui est large. Dedans, on dirait un long manche de râteau et malgré le soleil, il est très blanc. Il fait un peu peur avec ses yeux et son nez qui pointe vers l'avant. Il emporte du pain, un fruit, il dit qu'il ne tardera pas, qu'il va juste faire un tour, tâter l'air, voir les bêtes, mais nous, on sait qu'on ne le reverra pas de toute la journée.

On n'y est pour rien, on n'y est pour rien, ils le répètent tout le temps au village, ça arrive souvent sans prévenir, on ne pouvait pas savoir. Oui, on n'y est pour rien mais ce qui est bizarre, c'est qu'ils en parlent tout le temps, mais ils ne disent jamais le mot. C'est trop fort, ça fait trop de bruit, c'est sans respect pour le silence et on dit juste qu'il a disparu, mon père, qu'il nous a quittés, mon père, qu'il n'est plus là, papa, qu'il est monté au ciel. Ou même qu'il est « DCD ». Ma mère m'a dit de l'écrire comme ça sur la fiche à l'école. Ça va plus vite. Pourtant, je suis assez grande pour entendre le vrai mot. Mais personne ne le dit devant moi ce mot, et à force, je ne sais plus trop ce qu'il faut faire. J'étais là, j'ai vu comment c'était, je l'ai vu, lui, avec ses mains pleines de griffures mais je ne sais pas ce qu'il faut retenir, ce qu'il faut savoir, ce qu'il faut taire ou ce qu'il faut cacher devant les autres et moi non plus je n'arrive pas à le dire parce que tout le monde l'évite. Je joue, je lis, je fais autre chose que de penser, je me force à faire semblant. Je mens. Parce que dire qu'il est mort, oui, mort, ça fait vraiment trop énorme dans la bouche. Ce n'est pas beau, ce n'est pas bien, il faut vite oublier, vraiment, ça ne se dit pas, ce n'est pas poli. C'est un gros mot.

Il ne m'accompagne plus à l'école depuis des mois et les autres me demandent pourquoi je viens toujours toute seule maintenant. Je ne leur réponds pas. Ma mère, elle,

elle ne dit rien non plus. Elle est pâle et retient tous les mots qui veulent sortir. On dirait du marbre ou de la craie. Qu'il fasse comme il veut. Tout ça, ça lui passera. Quand il rentre le soir, il a toujours un sourire. Il embrasse ma mère et moi en même temps. Il a fait une bonne marche, il sent le chaud, il boit un verre d'eau, suce du raisin en recrachant la peau. Mais ensuite, il rentre ses dents blanches. Son menton commence à trembler, il baisse la voix, se rapproche de ma mère en bougeant sa chaise, chuchote, je n'entends rien. Il y a des moments de vide, papa a le regard dans le rien du tout qui l'entoure et maman lui tient le bras. Ils restent là longtemps parfois, tout à côté l'un de l'autre, sans remuer autre chose que leurs mains qu'ils mettent ensemble et serrent fort, ils m'oublient. Et je les regarde, assise derrière eux sur une marche de l'escalier et je vois que quelque chose de lourd les enfonce tous les deux.

Heureusement, tous les yeux qui me fixaient, toutes les paupières mouillées, toutes les mains qui me caressaient les cheveux, laissez-moi, tous les mots et les silences, les coups frappés sur la fenêtre de la cuisine, arrêtez, tout ça heureusement, ça a juste duré quelques semaines, juste après l'accident, juste quelques semaines. Comme un très long défilé dans la rue, on a l'impression qu'on n'en verra jamais le bout, parce qu'il y a toujours des banderoles qui arrivent au coin de l'avenue, des chaussures qui frappent le sol, des sourires, des mains qui s'agitent, et toujours d'autres groupes qui surgissent, on n'en revient pas tellement ça dure, tellement il y a du monde, tellement c'est la foule, pire qu'un train. Et puis le défilé finit par s'arrêter tout à coup parce qu'on ne peut pas continuer comme ça toute la vie. Alors, quand ça s'est vraiment tu, arrêté pour de bon, quand on n'a plus vu le chemin boueux se couvrir d'empreintes, quand on n'a plus entendu un seul coup frappé sur la fenêtre, quand tout est redevenu presque comme avant, alors on a retrouvé le calme de la maison, les heures passées dehors à s'occuper des vaches, les matinées à lire, le temps immense qui s'étirait sans coupures, sans paroles, sans personne autour de ma mère et de moi. On s'est retrouvées seules enfin, à pouvoir penser à lui sans y être obligées.

J'ai les yeux qui picotent, je ne peux pas dormir, j'attends le moment, tout me démange, il doit être très tard et je revois tous les tracteurs qui partaient de la maison très tôt dans le matin. Parfois je montais à côté de Martin et je faisais semblant de tenir le gros volant, on croisait mon père et on se faisait des signes avec le bras. Ma grand-mère qui reportait tous les chiffres sur un cahier vert rempli de colonnes tout en buvant du café dans un bol. Et puis les disputes, la grêle, la maladie de Martin, et Pierrot, Oscar et Jean-Luc qui s'en vont, presque tous en même temps et je ne savais pas ce qui se passait et ma mère qui pleurait et mon père qui s'énervait. Il y a eu aussi l'enterrement de mamie. Sans arrêt je me retourne, je suis comme un poisson qu'on fait frire, je cherche le frais sous les draps, le coin glacé qui me sauvera, mais ce n'est pas la peine. Ça va être bientôt, j'attends le moment, il ne vient pas encore, déplacé, juste un peu, mais je sais qu'il va arriver. J'ai mis les petits animaux dans mon lit, de la porcelaine froide. Il y a le mouton dans mon cou, la poule dans ma main, la chèvre au creux de mon ventre. J'ai du courage, j'attends dans la nuit, comme toutes les nuits, jusqu'à l'heure de la bête qui crie et me sort de la cage. Les petits animaux bougent le long de mes jambes. Une goutte pleine de plumes roule sur ma joue. Elle va bientôt s'approcher, elle va venir tout contre avec ses naseaux forts, ils seront sur ma nuque, ils me brûleront presque, je l'attends, elle va bientôt percer avec son cri énorme tout ce qui déborde de moi et après, après seulement, je pourrai m'endormir. Mais, de toute la nuit, je ne l'ai pas entendue crier, ma bête. De toute la nuit, pas une seule fois.

11

C'est comme du pressentiment. Quelque chose qui me serre la gorge et m'y plante des épines. Je suis dehors, mes pieds s'enfoncent dans le sentier, les broussailles noires n'en finissent pas de me suivre et l'herbe qui n'a plus tout à fait d'odeur. J'ai mal au ventre, je n'ai rien mangé, je suis partie très tôt de la maison et quand j'arrive tout au bout du chemin, avec le ciel qui m'attrape les yeux tellement il est devenu grand, c'est exactement ce que je ne veux pas qui est là devant moi. Le point blanc dans sa disparition de point blanc. Juste les plantes, les buissons, la barrière, les pies au-dessus, les arbres autour du pré qui tous ensemble se penchent de temps en temps, mais pas de point blanc. Elle qui s'avançait toujours un peu en me voyant venir, elle qui papillonnait des moustaches et faisait claquer ses oreilles, maintenant elle ne s'avance plus. Parce qu'elle a disparu. J'ouvre la barrière qui était bien fermée, je cours vers les peupliers, rien. Vers la rivière, rien. Vers les rochers, rien. Vers l'autre côté, rien. Vers la pente, rien. Vers l'étang, elle est là. Sur le dos, les quatre pieds en l'air. On dirait papa dans sa boîte en bois mais à l'envers. Quand on l'avait posée sur les tréteaux tout au fond de la pièce, sa boîte, elle était comme la bête, avec des pattes raides qui lui partaient du ventre et ne pouvaient pas se replier pour dormir. Le bois de la boîte était très foncé et faisait des dessins, des spirales, des trous et puis des ronds plus sombres qui tourbillonnaient pour m'hypnotiser. C'était assez compliqué de suivre avec le doigt un seul trait jusqu'au bout. Tout autour, il y avait des poignées en or avec des lignes gravées dessus. Elles étaient lourdes et froides, c'était décembre avant Noël, elles étaient lisses aussi comme sur le dessus de mes dents, deux poignées par côté et deux plus belles en haut et en bas, un peu les mêmes que celles de mes tiroirs à habits, mais en plus grosses. La boîte de mon père était seule au milieu du tapis, on avait poussé les meubles et on avait mis une bougie sur la cheminée. Elle tremblait un peu à cause de l'air qui entrait. Les volets avaient été fermés même s'il faisait jour dehors. Rien ne bougeait dans le noir, tout comme la bête qui est là ce matin. Juste au bord de l'étang, le dos collé aux herbes aplaties, elle ressemble à un scarabée qui se balance en remuant ses petites jambes pour essayer de se remettre à l'endroit et repartir très vite. Elle a de la bave, elle a de la fourrure sale, et même, je crois qu'elle grogne avec sa bouche. Il s'est passé quelque chose. Elle me regarde et je la regarde aussi. Je m'approche lentement, j'ai peur qu'elle s'affole en me voyant venir, c'est la première fois que je suis si près, il ne faudrait pas qu'elle se remette tout à coup sur ses pattes et qu'avec toute cette boue qu'il y a autour, elle glisse dans l'étang. L'eau lui viendrait à l'intérieur et la remplirait à ras bord, elle descendrait lentement vers le fond, elle se débattrait aussi et ça ferait comme du brouillard pris dans un trou de montagne, attiré vers le bas, aspiré jusqu'au vide, avec ce bruit qu'il y a toujours au fond de la baignoire à la fin de mon bain. Un ogre qui boit du sang et je me dépêche de me sécher pour qu'il ne m'attrape pas. La vase la recouvrirait, on ne la verrait plus et les gens du village seraient très contents. Mais elle ne bouge pas parce qu'elle est trop grosse pour se remettre sur ses pattes. Je me penche au-dessus d'elle, j'ai de la peine, ses yeux énormes me suivent en roulant. Ses cils battent, accrochés aux paupières comme des petits crocs noirs. Elle a quelque chose qui lui crispe le cou, elle va peut-être me mordre et pourtant je voudrais mettre mes doigts dans sa bouche, pousser derrière ses dents carrées, sentir sa langue comme une éponge rouge me passer sur la peau et sous les ongles, et puis aller jusqu'au fond, jusque dans sa gorge sombre et enlever cette chose qui l'a empêchée de crier cette nuit. Qu'est-ce qu'elle a à l'intérieur ? Et à l'intérieur de la boîte, qu'est-ce qu'il y avait ? La boîte de mon père était beaucoup trop longue pour lui. Dès que je l'avais vue, posée sur les tréteaux, je m'étais dit qu'elle était beaucoup trop longue. On avait sûrement dû mettre dedans toutes sortes de choses pour remplir les vides. Parce qu'il ne fallait pas qu'il se fasse mal contre le bois.

papa. Son oreiller en plume, sa couverture pour qu'il n'ait pas froid, plusieurs pulls en laine entassés sur ses pieds... Est-ce qu'on lui avait passé ses chaussettes préférées ? Est-ce qu'on lui avait laissé ses chaussures ? Sa montre ? Et son bonnet ? Est-ce qu'on lui avait noué un lapin autour du cou ? Les lapins, il les aimait. Comment on l'avait habillé avant de le mettre dedans ? Ma mère n'avait pas voulu que je vienne dans la pièce où elles avaient fait ça avec ma tante. Un travail pour les grands, elles m'avaient dit. J'étais restée dans ma chambre, assise sur mon lit. J'avais essayé de lire mais je n'avais pas pu parce que, dans ma tête, beaucoup d'images me faisaient peur : leurs mains qui enveloppent la tête avec des bandes blanches comme on fait aux momies, la cire autour qui coule sur le sol, les parfums forts qu'elles lui frottent sur la peau, ma tante qui chante en pleurant et qui découpe les plus beaux costumes de mon père en tout petits morceaux pour remplir la boîte comme pour un colis, avec ma mère au pied du lit en train de prier dans ses cheveux mouillés. Et si elles l'avaient laissé tout nu ? Avant l'enterrement, j'étais allée près de la boîte, j'avais passé mes doigts là où il y avait encore un espace, j'avais essayé de soulever le couvercle, mais je n'y étais pas arrivée. La boîte était fermée avec des gros clous. Je n'avais rien pu voir. L'envie de tout détruire m'avait mordu le ventre et j'avais renversé la bougie sur la boîte pour que le bois prenne feu. Mais la bougie était tombée par terre et j'avais regardé la flamme grignoter peu à peu les fleurs du tapis : le trou était devenu noir au bord, ça s'était mis à sentir le brûlé et la cire blanche avait recouvert le plancher en faisant comme une sorte de soleil tordu. La bête, elle s'est tordue aussi et sa voix, elle s'est cassée, je ne peux pas la réparer. Le mécanisme a fait couic, couic et puis plus rien. Son souffle va vite avec sa langue qui passe et repasse sur son nez, ses pattes toutes frémissantes et sa peau qui vibre comme celle du lait qu'on fait chauffer dans une casserole. Elle est énorme, la bête, et je suis trop petite, je ne serai jamais assez forte pour l'aider à se remettre à l'endroit. Je regarde sa queue qui pourrait faire levier et je regarde son ventre qui bouge comme une tempête, avec de grandes vagues et des creux incroyables. Et c'est là que je vois. Elle a enflé. La bête a enflé, oui, c'est certain. Son ventre a enflé dans la nuit pendant que j'étais dans mon lit, pendant que tout le monde était dans son lit à dormir. Elle me fait penser au matelas. À la cave, il y a un vieux matelas en plastique qu'on a trouvé dans un champ et à côté, il y a une petite machine avec un tuyau noir qui sert à gonfler le matelas. Si on appuie sur le soufflet rouge avec le pied, de l'air sort du tuyau et si l'air entre dans le matelas, le matelas se met à gonfler. À la fin, on ne le reconnaît plus : d'une crêpe, on a fait un crapaud. Pour la bête aussi, on dirait qu'il s'est passé la même chose. Son ventre a poussé comme si elle avait avalé un géant, son ventre a enflé c'est certain et maintenant, elle ressemble à quelque chose de vraiment impossible. Ça commence à me faire peur. Ce sont ceux du village, j'en suis sûre, ce sont eux qui lui ont fait ça, ils ont dû appeler quelqu'un, un docteur, un spécialiste comme disait Perraud, quelqu'un qui lui a enfoncé des médicaments dans la bouche, des poisons, des potions très mauvaises, quelqu'un qui lui a planté une piqûre sous la peau pour qu'elle gonfle aussi fort, quelqu'un qui, d'un seul coup, lui a tué son cri. Ceux du village vont être contents. Ils sont peut-être déjà en train de boire un verre pour fêter ça, déjà en train de rire en claquant leurs cuisses rouges, déjà en train, tous réunis dans le café. Mais moi, maintenant, comment je vais faire ? Comment, toute seule ? Je regarde la bête. Elle pousse sa tête contre les herbes, elle donne un soupir chaud et puis elle me regarde. Ses grands yeux bavent doucement.

12

– C'était l'autre samedi, celui qui est juste passé, il devait être déjà un peu plus des onze heures du matin. Moi, j'étais venu pour le veau des André, il était né une heure avant...

– Et il avait eu bien peine à se sortir de là, j'en sais quelque chose ! Je l'y avais aidé avec le fils.

– La petite donc, j'étais venu la chercher pour l'amener voir l'animal mouillé sur ses pattes neuves. Je m'étais dit qu'avec la passion qu'elle a pour la bête, elle allait être contente de ce petit, contente aussi que je pense à elle. Dans la cour, à s'occuper du linge, il y avait la mère qui m'a crié de monter voir dans sa chambre mais elle savait pas trop si la petite était là ou pas. Alors, moi, de la cuisine, j'appelle mais personne me répond.

– Elle dormait encore ?

– Attends... Je prends par les escaliers raides, moi qui aime pourtant pas à entrer comme ça chez les gens, on se sent toujours un intrus, on a peur de déranger, on marche sur le bout...

– On croit qu'on va trouver une chose qu'il fallait pas qu'on trouve...

– Mais j'y vais parce que je me dis qu'il faut pas qu'elle rate ça, ce petit veau si fin et charmant et tout mouillé là-bas. La dernière fois que je suis venu, c'était pour la mort du père, alors je sais que sa chambre, à la petite, on l'a mise au bout du couloir. Je frappe un peu, il y a que du silence. J'ouvre la porte de la chambre, elle est vide. Et rangée avec grand soin. J'ose pas trop bouger les pieds, les murs font mal aux yeux, très blancs avec le soleil qui fait des reflets dessus... Il y a pas beaucoup de jouets, sauf sur une étagère, des faux animaux hauts comme rien, un cochon, une poule, une maison en carton aussi...

– Tu y as pas touché au moins ?

– Tu me prends pour qui ? En tout cas, je trouve que c'est une drôle de chambre pour une petite fille. Et puis, ce qui me fait un truc au nez, c'est qu'il s'y respire une odeur qui est pas à la petite, quelque chose de piquant et d'un peu fort aussi, on dirait une odeur d'automne pourri mais aussi de ces odeurs de chaud et de mois de juillet... Ça m'enquiquine les yeux, ça me pique aux narines et je vois pas ce que ça peut être. Il y a aussi des bouts de pain noir qui sont posés sur le radiateur, des bouts de pain sec qui sentent le grillé. Mais, à la fin, ce qui m'arrête tout net, c'est le lit, c'est le lit qui m'arrête.

– Comment ça, le lit ? T'as donc jamais vu un lit ?

– Un lit comme ça, non, jamais. Parce que ce lit, il est pas comme les autres, tu vois. D'abord, je le connais très bien ce lit, c'est moi qui l'ai fait. Je l'ai fabriqué pour mon garçon, j'ai mesuré ce lit dans tous les sens, je voulais être sûr de sa taille pour qu'il aille dans le recoin qu'on avait chez nous à l'époque, je le connais bien ce lit. Et là ce lit, il est trop haut, non vraiment beaucoup trop haut, ce lit, il est trop haut, il était pas comme ça avant, il a quelque chose qui cloche. Et puis l'autre chose, c'est que c'est pas un lit normal que je vois devant moi, un lit comme tout lit, un lit plat avec des angles bien faits, des draps bien tendus... Non, c'est pas un lit comme les nôtres.

– Qu'est-ce que tu racontes là ?

– Je raconte que ce lit-là, il est bizarre. Parce que le dessus fait plein de bosses. Il y a comme des vagues et puis des creux, des plis, comment dire, des trous, oui des trous mais aussi des petits tas, des hauts et des bas, c'est très bizarre et tout ça, c'est sous cette couverture qui est sur le lit... C'est pas le lit de mon fils, celui que j'ai fait et que j'ai donné à la petite l'an dernier, c'est pas le lit de mon fils, voilà ce que je me dis à ce moment-là. Et puis, sous mon pied, une brindille craque... Alors je m'approche un peu plus, je sens qu'il y a quelque chose, que je vais avoir une explication et sous la couverture et sous le drap que je soulève, vous savez ce que je vois ?

– La petite qui dort !

– Non, une campagne. Une pleine campagne qui dort. De la paille, de l'herbe en touffes, des fleurs sèches, du trèfle blanc et du trèfle violet, de la luzerne, du foin, du colza, des pâquerettes aussi, des pétales rabougris, de la paille encore, des tas de fétus, des tiges, du pâturin, des graines grises, du chiendent, des coquelicots par dizaines… Tout l'épais, tout l'énorme matelas de la campagne alentour, la petite, je vous dis qu'elle dort dessus. Il y a là un pré entier avec du bleu et puis du noir, des morceaux d'écorce, des brins d'herbe qui se cassent, vieux de beaucoup de semaines, des pissenlits aussi et des violettes un peu pourries, même des chardons plats, du vert partout, du rouge et puis des feuilles roses, tout ça à la fois, tout ça à la fois, et ça fait comme une folie de campagne à l'intérieur de la chambre.

– Qu'est-ce que t'as fait, alors ? Tu l'as dit à la mère ?

– Non, je lui ai rien dit. J'ai remis le drap et puis la couverture, j'ai vite refermé la porte, j'ai repris les escaliers dans l'autre sens et j'ai juste crié à la mère que je reviendrai parce que la petite était pas là. Mais moi, après ça, je sais pas si je reviendrai.

– C'est vrai que cette petite, elle fait des choses vraiment pas ordinaires…

– Il y avait comme de la toquerie dans ce lit… C'était pas un lit de petite fille, moi je vous le dis, on fait pas ça quand on est comme nous autres... Nos petites filles à nous, elles dorment dans des draps.

– Un petit, c'est pas une chèvre, ni un mouton...

– Encore un coup de la bête. C'est elle qui lui a tapé sur le système, sans nul doute. Avant, elle était pas là, la bête, et la petite, avant, elle était pas comme ça. Alors que maintenant elle se croit en guerre autour de cette bête, faut plus toucher, faut plus s'approcher et nous, on est devenus ses ennemis.

– Faudrait qu'on la calme et qu'on lui dise que cette foutue bestiole, elle est hantée, un fantôme bourré de microbes et qui l'a contaminée de la tête aux pieds. La voilà qui est dingo à présent et qui dort sur un morceau de pré... On a jamais vu une chose pareille.

– Comme si tout lui était permis, à cette petite...

13

Le couteau, ça coupe, le clou, ça pique, la fourchette aussi, le feu, ça brûle, le soleil pareil, la corde, ça râpe, le bout de verre, ça taille, le scotch, ça arrache la peau des lèvres si on s'en colle un morceau dessus, le caillou, ça assomme, le morceau de bois, ça plante des échardes dans la main, l'aiguille, ça troue, ça perce et ça pique aussi, je tombe et je m'érafle sur la pierre, je pleure, je cours et la ronce me griffe, je crie, je tranche du pain, le couteau glisse et me coupe le doigt, ça saigne, c'est presque noir, je pleure, je passe entre des fils barbelés, je m'accroche les cheveux, je tire, je crie, je monte à l'arbre, la petite branche casse, mon pied glisse, l'écorce déchire la peau de ma jambe, ça brûle, c'est rouge, je pleure, le chat s'amuse avec ma main qui bouge, il l'attrape dans ses griffes et il me mord de toutes ses forces, ses poils se dressent comme un hérisson, ses dents pointues s'enfoncent dans ma peau, je crie, le gâteau sort du four, je prends le moule avec mes mains, je le lâche, il éclate sur le sol, je pleure, le couvercle est coupant, sa serrure mal limée, je me taille, je crie, l'eau qui coule est brûlante, elle m'éclabousse, les gouttes d'eau cuisent mon bras en une seconde, je crie, je me cogne au coin de la table, j'ai un bleu, je pleure encore, une abeille me pique, mon doigt enfle, le dard est toujours là, enfoncé, je crie, mon coude frotte le crépi du mur, je pleure, on ferme la porte, mon doigt est pincé, je crie et quand je pense à la bête qui se tait, la langue rétrécie au-dedans, la voix morte, toute fermée, tout enterrée, le ressort est rouillé, ça ne sortira plus parce qu'on lui a fait du mal, parce que le bois a gonflé, cédé et qu'il ne reste plus qu'à attendre que tout explose en une multitude d'éclats, et que plus rien ne se passe et que ce soit fini et quand je pense à lui qui a glissé tout au fond, le renard aussi a glissé et son nez qui coulait, la tête est tombée dans le coffre, on n'a rien pu faire, quand je pense, je saigne moi aussi, je montre mon horrible blessure-griffure-brûlure-égratignure-morsure-déchirure-coupure-piqûre-entaille qui va devenir très dangereuse si on ne fait rien non plus, j'appelle pour qu'on vienne me soigner, me mettre de l'oxygène, de l'alcool ou de l'eau rouge avec un coton, puis un pansement, et que ça cesse, et que ça guérisse, et qu'il n'y ait plus qu'une croûte. Une croûte que je ne gratterai pas. Une croûte qui s'en ira toute seule. Elle tombera elle aussi tout en bas du ravin, ça tourbillonnera dans l'air en descendant lentement comme les feuilles de chêne que je décortique avec les doigts et que je jette dans le vide quand je m'ennuie. Ma mère me trouve, elle me regarde moi et mon corps, avec ma peau, mon visage et les traces blanches des vieilles cicatrices, et elle caresse sa petite fille abîmée par toute une journée à jouer dans la campagne. Elle me dit que je ne devrais pas vouloir tout voir, vouloir tout entendre, vouloir tout comprendre quand il y a des choses trop compliquées pour moi. Je lui montre où j'ai mal, je lui montre pourquoi j'ai tant crié et tant pleuré, j'ai des tas d'idées pour ça, courir, sauter, grimper, je ne fais pas ça pour rien, je veux des blessures qui se voient, et je le fais même exprès car il faut bien que je trouve des raisons pour qu'on vienne me consoler. Je ne suis plus seule, les mains chaudes et sèches de ma mère, ses mains me soignent avec tout ce qu'il faut, elle me parle, elle me dit ce qu'il faut dire pour me calmer un peu, elle me sourit, oui ça fait mal, ça pique mais c'est normal, ses doigts se referment sur mon mollet, je dois lever la jambe, ça ne peut pas passer comme ça, il faut du temps et accepter, je ne peux plus plier le genou, le sang qui sèche, la peau qui tire, c'est normal que j'aie besoin d'attention, le coton frotte, sa voix est basse, je l'entends à peine, c'est pas n'importe quoi la mort, sa voix chuchote, c'est normal que j'aie mal. Et là je ne comprends pas pourquoi elle me parle de cette façon. Pourquoi elle me dit ça maintenant. Pourquoi elle me raconte tout ça quand je n'ai rien dit, quand je ne veux pas qu'on me dise, quand je n'ai posé aucune, aucune question. Elle n'a pas le droit. Moi, je lui montre seulement mon genou avec du sang dessus et je ne lui demande rien. Juste de réparer ça.

14

On a enterré mon père avec les cloches qui sonnaient au-dessus de sa tête, sa tête enfermée dans une boîte. Et les cloches sonnaient aussi au-dessus de ceux du village qui étaient à l'église ce jour-là. Leurs têtes nues. Alors, tout ça, les cloches et les prières, ça veut bien dire qu'il ne l'a pas fait exprès.

Le jour, c'était un vendredi. On frappe à la porte. Il est cinq heures et je viens de rentrer de l'école, ma mère n'est pas encore là, mon père est parti marcher, et on frappe à la porte. Je suis en train de lire, je n'ai pas envie d'ouvrir. Dehors, il fait trop froid. Dans le conte, le petit garçon se penche au-dessus du grand coffre rempli de pommes, elles brillent dans le noir et je sais qu'il va lui arriver quelque chose. On frappe encore, il faut bien que je me lève et que j'aille ouvrir. C'est le vieux Jean devant moi. Il a les joues rouges, il est tout essoufflé, son nez coule, il se mouche dans un mouchoir à carreaux qui cache la moitié de sa figure, il n'arrive pas à parler et il me fait peur avec cet air qu'il a dans les yeux. Le petit garçon est monté dans la réserve. Il cherchait sa mère, elle l'a appelé et puis il a senti l'odeur de la pomme sucrée. Alors il s'est penché au-dessus du grand coffre au lourd couvercle pour choisir la plus belle pomme, celle qu'il aura pour son goûter. Ta mère, elle est là, ma petite ? me demande le vieux. Je lui dis que non, qu'elle est au village. Alors il dit qu'il faut aller la chercher, qu'on a besoin d'elle, que c'est urgent, elle doit venir tout de suite, tout de suite. Il bégaie maintenant, je ne comprends rien, il fait comme les chiens qui ont de la rage dans la bouche. Il bave et son mouchoir qui n'est pas assez grand et ses mains énormes qui serrent mes épaules et me font mal. Je ne l'ai jamais vu comme ça, tout pétri de panique avec des tremblements qui lui courent sur la peau. Et puis il se retourne et regarde derrière lui, et puis il entre dans la maison, referme la porte et me demande d'être sage et d'aller dans ma chambre en attendant ma mère. Je ne bouge pas, il me serre encore plus aux épaules, il me dit de l'écouter, de ne pas faire d'histoires et moi, j'ai trop mal sous ses doigts. Je monte les escaliers quatre à quatre pour m'enfermer avec mon livre dans ma chambre. Mais par la fenêtre, je vois les autres qui arrivent. Un groupe en bas du sentier. Ils sont quatre ou cinq, serrés les uns contre les autres comme pour se réchauffer. Je reconnais Paul et puis le père de Jeanne. Les autres, je ne vois pas bien. Je les regarde monter, ils vont très lentement, ils transportent quelque chose de lourd on dirait, les cailloux roulent un peu sous leurs chaussures, ils ont l'air d'avoir froid. J'entends le vieux Jean qui se mouche. Mais le grand coffre avait une vilaine serrure coupante et quand le petit garçon s'est penché au-dessus pour choisir sa pomme, sa mère a refermé brusquement le couvercle. Ils mettent du temps à arriver, les hommes qui viennent du village, ce qu'ils transportent est gros, peut-être une bête, mais peu à peu ils se rapprochent et de là où je suis, je vois bientôt sur le haut de leurs têtes les ronds blancs sans cheveux qui font comme des œufs au plat. J'entends la porte qui s'ouvre, les chaises qu'on pousse, les voix graves, un bruit fort. Ils ont posé le paquet. Je veux voir ce qui se passe, je veux être là, je sens que c'est un événement. Je descends doucement les escaliers. J'entrouvre la porte de la cuisine.

D'abord c'est long, ensuite c'est gris avec des bouts d'herbe dessus et puis c'est noir sur le côté du front, et tout le reste est blanc parce qu'on l'a mis dans un drap pour le porter. Des petits morceaux de terre sont restés accrochés sur les cheveux, les mains ont des traces de griffes dessus, et sur la joue il y a du rouge, on dirait du maquillage. Il est tout sale. La tête du petit garçon a été coupée net par le couvercle lourd et elle a roulé parmi les pommes, la mère est affolée, elle ne sait pas quoi faire, elle vient de tuer le fils de son mari parce qu'en fait, elle, ce n'est pas la vraie mère et elle a rabattu très fort le couvercle sur son cou par jalousie, et c'est tombé net, la tête du petit garçon avec les pommes qui brillaient, tombé net dans le coffre, tout au fond. Je vois que c'est papa qu'on a amené là et tout le monde se tait. Je reste derrière la porte. Il y en a un qui a soif et qui va se remplir un verre d'eau, les trois autres regardent autour d'eux. Ils ont un air timide et puis ils commencent à débarrasser la table. Il reste l'assiette avec les fruits, le bol, la cuillère de mon goûter et aussi la nappe qu'on a pliée en quatre. Le vieux Jean la déplie, il y a des taches de jus de viande dessus, un peu de vin aussi qui a fait des cercles roses comme des nez de cochon qui se suivent. Ils vont le mettre là, et je ne comprends pas pourquoi ils le laissent dans la cuisine alors qu'il serait bien mieux dans son lit. Peut-être qu'ils n'osent pas monter à l'étage, ils ne connaissent pas bien la maison, peut-être qu'ils ont peur de se tromper de porte. Mais nous, où est-ce qu'on va manger ce soir ? Il reste là, allongé sur la table, et je le regarde. Mais il est tellement loin et tellement différent que soudain je ne sais plus si c'est bien lui, si je l'ai vraiment reconnu, si je ne me suis pas trompée. Au fond, c'est peut-être le voisin. Le voisin, il ressemble à mon père, il a la même taille à peu près, la même couleur de cheveux. Il a une voix plus aiguë mais là, ça ne change rien. Et il a presque les mêmes mains avec de la terre sous les ongles.

Mais sur le carrelage, je vois un bonnet qui est plein de poussière, ils l'ont laissé tomber, c'est un bonnet noir avec des raies et je vois bien que c'est celui de mon père. Par terre, il y a une chaussure aussi, elle est toute seule parce que l'autre est restée accrochée au pied, et c'est la chaussure de mon père. Il est là, papa, sur la grande table et c'est comme s'il était devenu tout bleu. Pareil que ce soir de juillet pour mes sept ans. Il s'était faufilé sous la table avec la nappe longue qui le cachait tout entier. Là aussi, c'était blanc autour de lui. Je ne savais pas qu'il était là. On avait allumé des bougies, on avait sorti les plus belles assiettes et par la porte, un petit vent passait et faisait bouger la lumière des flammes sur les murs et le plafond. Je m'étais assise la première devant mes cadeaux cachés sous la serviette. J'attendais qu'on me chante la petite chanson d'anniversaire. Quand il avait surgi tout à coup de sous la table en m'attrapant les jambes et en poussant un grand cri, j'avais eu tellement peur que je l'avais tapé avec mes poings. Mes cadeaux étaient tombés, il y en a un qui s'était cassé dans un paquet et j'avais beaucoup pleuré. Il avait été désolé pendant tout le repas et avec la flamme sous sa figure et son sourire triste, il était longtemps resté bleu comme une figue. Maintenant aussi, papa est une figue, plissé sur les paupières, là où la peau est fine, avec un peu de jus violet qui lui coule sur le front. Et j'ouvre tout grand la porte. Alors, la mère, elle coupe le petit garçon en morceaux et elle le fait cuire dans la marmite. Avec les morceaux de bœuf du ragoût, il y aura aussi des morceaux de petit garçon. La sauce les enrobe, ça sent toujours aussi bon et la gorge serrée, elle appelle sa fille et son mari pour qu'ils se mettent à table. Le vieux fait les gros yeux, il ne dit rien parce qu'il ne sait pas quoi dire. Il m'a vue mais il ne bouge pas. Et il me regarde de toutes ses forces comme si j'allais pouvoir changer quelque chose à tout ça, reculer, revenir en arrière, remonter les escaliers, effacer, oublier ce que j'ai vu. Mais moi aussi, j'ai soif. Ils sont tous les cinq debout au milieu de la cuisine, les pieds en dedans, la tête baissée à fixer le carrelage. On dirait qu'ils s'excusent. Il y en a un qui a du sang sur le pouce. Le vieux Jean s'approche et me prend brusquement la tête pour me presser contre son ventre et me cacher les yeux. Sa chemise mouillée sent une odeur. Je le repousse mais il veut encore me serrer contre lui et moi je le repousse encore. Je traverse la cuisine, je ne veux pas passer trop près, juste boire, c'est tout. J'ouvre le robinet, je laisse mes mains sous l'eau glacée. J'ai l'impression qu'elle me brûle la peau, mes doigts deviennent rouges, je bois avec mes mains en creux, ça coule sous mon menton, j'ai très soif et tout me chauffe en même temps, la bouche, les yeux, le ventre, j'ai faim aussi et j'ai envie d'être toute seule et de finir mon livre. Alors je dis qu'il faut aller chercher ma mère au village. Ils ne répondent rien, ils m'embrassent, ils me serrent contre eux, c'est mou, puis ils sortent lentement. J'entends leurs bottes qui redescendent le sentier, ils toussent et vont plus vite. C'est toujours moins difficile dans ce sens. Je le regarde. Son manteau est plein de poussière et sur la tête, papa a des petits cheveux blancs.

15

Il l'aimait bien, ce trou. Un jour, il m'avait amenée là-bas. Il n'avait pas pris de gants. Juste un gros manteau qui ressemble à un ours. J'ai un bonnet qui est vieux et un peu trop serré. La laine me pique et ça me fait presque mal. Je n'ai pas très envie de sortir. Dehors, il fait un froid qui prend et il a neigé toute la nuit. Mais ce n'est pas souvent que je pars marcher avec mon père. Nous allons tous les deux sur les routes qui sont blanches. Mon père va toujours très vite, comme s'il était poursuivi, presque un voleur et ses pieds sont des tapis volants. Au bord du chemin, les moineaux ressemblent à des fruits tombés sur le sol, ils enfoncent leur tête dans la neige, ils cherchent une petite graine à emporter et ils remuent sans arrêt leurs ailes pour ne pas qu'elles gèlent. Mon père ne regarde pas les oiseaux, il ne voit pas autour, il ne fait attention à rien, il n'est pas en promenade. Tout ce qui compte, c'est qu'il avance, comme les chevaux qui ont des lunettes noires sur le côté. De temps en temps, il se retourne comme pour observer le chemin qu'on vient de faire, mais je sais que ce n'est pas la vraie raison. On marche et il ne dit rien. Mes chaussures commencent à me faire mal, mes chaussettes ne sont pas très épaisses, j'ai des semelles de plus en plus lourdes et mes yeux, en louchant, voient mon nez qui devient rouge. Je ne reconnais pas bien tous ces sentiers que l'on prend et puis avec la neige, ce n'est plus comme d'habitude. Les piquets dépassent à peine autour des champs. La maison du vieux Jean est enterrée dans une robe de mariée, juste son toit qui pointe. Le ciel a l'air d'être plus grand avec tout ce blanc qu'il attrape. Un ruisseau coule sous une plaque de gel, des herbes flottent à la surface, des bouts de bois restent pris dans la glace sur le bord et l'eau les fait frétiller comme la queue des lapins que, tous les mois, on tue. C'est un vieux lapin du clapier qu'on choisit chaque fois et avant, mon père le lâche dans la cuisine pour me faire plaisir. Je le poursuis, je le coince dans les angles, j'essaie de l'attraper, le lapin est tout affolé, il se réfugie souvent sous le meuble où on range la vaisselle, et en me mettant à plat ventre, je peux le regarder longtemps. Ses oreilles sont très aplaties vers l'arrière, ses pattes sont recroquevillées sous son corps, sa petite queue blanche bouge un peu. J'essaie de le toucher avec le bout d'une fourchette mais il se plaque tout au fond contre le mur et je n'y arrive jamais. Et puis mon père dit tout à coup que c'est fini, qu'il est l'heure. En une seconde, il attrape le lapin par les oreilles, il le dresse au-dessus de sa tête, la bête est raide et ses yeux de peur sont très beaux. Je le caresse vite avant que mon père n'aille ensuite dans la pièce à côté de la cuisine pour le tuer, lui enlever sa fourrure et le rapporter pelé et tout rouge à ma mère. Je me bouche toujours les oreilles quand j'entends le cou qui se brise. Je sens mon cœur qui s'arrête aussi. Je pense à la peau qui s'en va d'un seul coup, je pense aux Indiens qui scalpent les Blancs, et après, on le mange avec des petits champignons. Mais le chemin devient étroit et il n'y a plus beaucoup de place. On va longer le haut de la Loubiennes. Je suis mon père qui retient les branches qui nous gênent, il me laisse passer puis les relâche. Derrière, un bruit de fouet claque dans l'air. Il va vite. De sa bouche, des nuages sortent par petites touffes. Je commence à être fatiguée, papa est trop grand pour moi. Je regarde le sol, je pose mes pieds exactement dans ses empreintes mais je n'y arrive pas toujours. En bas, il y a le ravin. Avec le gel, des rochers brillent. Sur les bords raides, des buissons pleins d'épines. Même un chevreuil qui aime les boules rouges qu'on voit scintiller tout au fond n'irait jamais se perdre par là, aussi loin. Et mon père s'arrête. Il s'arrête parce qu'il est arrivé. Il se tient à une branche, il enlève son chapeau, s'essuie le front et se penche pour voir ce qui, tout au fond, s'agite avec un crépitement de cheminée. Des branches mortes, des broussailles, rien qui pousse de bon. Quelque chose de vide mais pourtant quelque chose qui bouge au plus profond de ce trou. Je me penche moi aussi. Je ne vois que du noir et du gris, des petits tas de neige, une sorte de vapeur qui monte des plaques de verglas. On dirait que quelque chose venu d'on ne sait où se passe sous la terre. Ça gronde et ça griffe à la fois. Ça siffle aussi. Ce sont les arbres, le vent, ce sont les bêtes qui vivent en bas. Mais mon père dit que ce n'est pas ça et que c'est bien autre chose qui est enfoui tout au fond du ravin, quelque chose qu'on ne connaît pas, quelque chose qui n'a rien à voir avec ce que les hommes savent, quelque chose qu'on ne peut pas expliquer. J'ai froid. Il est déjà tard. Je vois bien que la nuit va tomber, que ma mère nous attend, et qu'il y a une lumière étrange qui devient grande autour. Avec toute cette neige, le soir me tire le visage et mes doigts sont raides comme des doigts de robot. Mais mon père, il a chaud, il est rouge et il a un drôle d'air. Il me dit qu'on va rentrer, oui, qu'on va y aller. Mais avant il veut regarder encore un peu. Le ravin est là avec, maintenant, tout en bas, un calme qui est aussi grand qu'au milieu de la mer. Il y a du brouillard qui monte peu à peu. Ça donne des frissons. Je tire papa par le bras, je veux rentrer, il fait noir, je tire papa par le bras. Il me dit qu'il arrive, sa voix tout à coup s'énerve et je suis alors partie en courant sans l'attendre. J'ai longtemps continué en suivant nos empreintes à l'envers. La neige m'éclairait et j'étais toute seule.

Ma mère vient de rentrer dans la cuisine et moi, je suis presque arrivée à la fin : le père du petit garçon a mangé le ragoût en se régalant, jamais il n'avait aussi bien mangé mais il ne sait rien. La sœur du petit garçon, elle, elle sait tout et elle pleure en ramassant sous la table les os que jette son père : ce sont les os de son frère. Elle les met dans un petit drap en soie et elle sort dans le jardin. Elle pleure et ce sont même des larmes de sang qui coulent sur ses joues. Elle se couche sous un genévrier avec son petit drap noué. Dans le livre, on voit un arbre fin qui monte haut, derrière le ciel est gris, il y a un peu de neige qui éclaire la page, le sang a coulé dessus. Soudain, elle voit une grande lumière, du brouillard et puis du feu, l'arbre tremble et une chanson lointaine, une chanson qui semble sortir de la bouche du ciel, s'élève dans les airs. Alors elle reconnaît la voix de son frère. La chanson dit : « Ma mère m'a tué, mon père m'a mangé, ma sœur tous mes os les a ramassés et sous le genévrier les a posés, je suis devenu un oiseau, un tout petit oiseau joli. » Et le drap de soie avec les os de son frère disparaît. Je referme le livre juste à ce moment-là, ce n'est pas encore tout à fait la fin. Mais ma mère vient de rentrer et elle regarde papa sur la table de la cuisine. Moi, je regarde son visage pour voir si ses larmes sont rouges et c'est là que je commence à comprendre.

16

Le mur de ma chambre, on est en train de le couper en deux. Je suis dans mon lit et je le vois. Il y a quelqu'un de l'autre côté, quelqu'un que je ne connais pas, qui trace un grand trait avec un crayon noir. Il ne tremble pas avec sa main, il sait ce qu'il fait, on dirait qu'il a l'habitude, c'est son métier et ensuite il va sûrement fendre tout le long du trait avec quelque chose de coupant qui tranchera les briques en morceaux. Ça fera comme du gâteau qui tombe. Ça commence au bord du plafond, près de la poutre, celle qui craque toujours au moment où je m'endors, et ça descend jusqu'en bas. C'est la lézarde qui est là peut-être, juste derrière, la femme de la bête qui court toujours sur les murs quand il fait chaud et qui fait s'écrouler à la fin, à force de grimper dessus, de monter et de descendre, d'aller et de venir comme les scies sur les bûches, les maisons très vieilles où on n'habite plus. Oui, ce soir, il y a une sorte de fissure de mur, elle n'était pas là avant, ça ressemble aux troncs des arbres quand l'écorce se casse et s'ouvre en longueur. Je passe mes doigts, je tire, j'essaie d'arracher la peau marron, il y a de la résine qui colle et souvent j'arrive à emporter un morceau. Je connais tout dans ma chambre, je pourrais la réciter par cœur, et là, quelque chose se passe qui avant n'était pas là. Les petits animaux sur l'étagère font un bruit de verre qui tinte comme dans ces soirs où les adultes sont contents, la cloche de la chèvre s'agite, j'entends la poule appeler avec sa voix qu'on étrangle, toute prise d'affolement. Car le mur va s'ouvrir en deux et tout à coup je verrai dehors, le ciel au-dessus, les étoiles, les avions avec leur petite lumière rouge, les branches sombres, les oiseaux, le vent sous mes draps, oui, si ça continue, tout se passera comme ça. La poutre craque de nouveau. Quelque chose dehors se presse contre la maison, quelque chose qui pousse, qui appuie de toutes ses forces, comme dans une foule où on est trop serrés. Il fait moite, on est petit, il y a du monde au-dessus qui bouche la lumière, on touche la peau des autres, le cœur a mal d'être enfermé, on veut sortir de là. Ce quelque chose a une odeur que je connais, une odeur d'herbe, tiède et acide avec des bouts de paille dedans. Je m'approche tout près de la fissure et je sens le mur contre ma joue, il est chaud et il gonfle. Il y a de l'air qui souffle, qui passe puis qui repasse, je vois mon oreiller qui se gonfle en même temps que le mur, et ça respire dehors et ça respire dedans. Le mur a de la fièvre et fait comme le creux sur le dessus de la tête des bébés, il bat vite. La fissure s'agrandit de plus en plus et juste derrière, une peau toute tendue, des poils, une oreille, des narines qui bougent et un œil blanc, un œil devenu énorme sous une peur énorme. C'est la bête. Elle est là. C'est la bête qui a tellement enflé. Et sous son ventre, tout commence à craquer. Ça souffle, ça gonfle et ça dégonfle, ça respire toujours parce que ça s'appuie et ça pousse. Je suis dans mon lit mais je sais que je ne rêve pas, tout se penche d'un côté et mes couvertures se tendent en même temps que mes yeux. C'est un bateau avec des vagues, ça fouette, il y a la peur et les lumières qu'on guette et soudain on entend une corde qui grince plus que les autres, c'est la bête qui gémit. Une petite prière pour elle. Pour qu'elle arrête de grossir. Mais il est trop tard. Tout s'est déclenché comme une bombe qui retarde et on ne pourra pas revenir en arrière. Je ne suis pas dans un film rempli d'espions qui se cachent au fond de leur imperméable, je ne connais pas le code secret, je ne sais pas où on a mis la boîte avec le bouton noir qui arrête tout avant l'explosion. Quand elle démarre, c'est difficile de la freiner, la maladie, elle court loin devant et a de grandes jambes, on n'arrive pas à la rattraper, on ne sait plus comment faire, on tourne en rond, on hésite. Alors on décide souvent de se mettre à la suivre, on ferme les yeux. Et on sait que, peut-être, on va s'écraser juste après. Tout le monde au village va savoir, tout le monde va sentir la honte à l'intérieur le grignoter lentement, tout le monde va comprendre qu'il ne fallait pas la toucher, que c'était un danger, attention, à tenir éloigné du feu, attention, ne pas s'approcher. Je sais que les herbes d'abord puis les arbres juste après vont s'écraser sous son poids, les lacs vont déborder, les champs être envahis d'eau, les collines se retourner, les forêts s'enfoncer dans la terre, quelque chose d'incroyable va se passer. Les toits glisseront dans le village, sous les pattes de la bête les murs des maisons tomberont un à un comme des sucres, les assiettes iront jusque dans les nuages, tout deviendra un grand mélange, les morceaux réduits à rien, les cailloux en poudre, les voitures en miettes. Il n'y aura plus que de la purée, une purée épaisse de village, les pommes de terre et puis les carottes, les hommes, les enfants, les tables, les matelas, les cheminées, les femmes, le sel, plus que de la bouillie de monde parce que la bête est un animal qui ne prévient pas, c'est une tempête qui roule et qui compresse, tout sera rasé par l'air qui sort de ses narines, sous les bouts noirs qui frapperont le sol, ça tremblera, les montagnes seront coupées en deux par la queue rapide et il y aura tellement de bruit autour et de peurs aussi qu'on ne pourra plus jamais dormir. Le mur continue à se fendre de haut en bas, je l'entends, la bête se frotte sans arrêt, elle veut entrer et se coller, elle veut m'étouffer moi aussi, je sens maintenant son poids sur mon ventre, je sens sa chaleur de fourrure me brûler tout le corps, je sens sa bave qui me rentre dans la bouche, je ne peux plus parler, je tends les bras, je veux partir, et c'est mon père qui arrive et qui s'approche. Mon père s'assoit sur le bord de mon lit et me serre contre lui, mon père me tient la main, mon père se penche vers moi, mon père scie, mon père marche, mon père court, mon père mâche, mon père se débat, mon père se noie, mon père souffle, mon père se penche encore, mon père enfle, mon père se fissure, mon père tombe, mon père s'ouvre en deux, mon père meurt, mon père meugle.

17

Ma main est bien à plat, je rentre la langue, je respire un grand coup, ce n'est pas la première fois que je suis comme ça, le dos contre un arbre, tout entière et toute seule. Le ciel éclairé. Je regarde autour, il y a des œufs qui roulent, la tête qui me tourne, au-dessus mon front qui se plisse, on dirait de la peau de poulet, c'est sans goût le poulet. Dans l'arrière-cour, quelque chose s'est réveillé sous le vent, de la tôle ondulée qui court à plein dans mes oreilles, ça m'inquiète. La maison est presque vide, je n'entends rien du tout à part cette tôle qui bat de l'aile. Ma mère fait la sieste sous l'oreiller blanc, celui qui est gros et plein de plumes, des plumes de poulet. Il m'est tombé dessus quand j'étais petite, je suis forte maintenant.

Mais dans ma main, il y a quelque chose qui m'arrête. Une boule transparente. Ronde, on voit au travers. Ce n'est pas une goutte d'eau ni une bille en verre comme dans la cour de l'école. À l'intérieur, c'est du liquide qui bouge mais qui est enfermé, je peux souffler dessus, l'écraser avec le doigt, je peux mordre dedans, rien n'y fait. C'est une ampoule et elle ne veut pas partir. Les fleurs avec leurs tiges qui sifflent, les chaussettes accrochées au fil à linge, les pailles, les bambous, tout ça, c'est creux. Les os à moelle qui traînent sur l'herbe, les os jaunes, on dirait qu'ils dorment, couchés dans l'herbe, il reste un peu de chair autour sous la lumière orange qui sort du soir, eux aussi, à l'intérieur, ils sont vides. Quand c'est la fin de l'hiver, beaucoup de choses sont vides. Les chemins glacés, le pommier avec son tronc coupé en deux par l'orage, les champs où il n'y a plus de blé, ni de maïs, ni de luzerne, les branches, les ciels immenses où rien ne dépasse du cadre, les trous, les ravins, tout est vide mais mon ampoule, elle est pleine. J'ai construit une barrière, porté les rondins, scié, planté les clous, une barrière qui empêche la bête de sortir, j'ai tout fait avec mes mains, et à cause de ça, j'ai une ampoule pleine. J'ai fabriqué un petit meuble, j'ai vissé, troué, coupé, tapé et à cause de ça, j'ai une ampoule pleine. Il y a une odeur de rose dans la cour, je ne sais pas d'où ça vient, peut-être un génie qui sort d'un flacon, mais les contes, c'est pour les enfants. Le coffre est plein de pommes et mon ampoule aussi. Dedans, quelque chose de clair et d'un peu épais, qui ne ressemble à rien. C'est du jus, quand, au bord des fossés, j'arrache des bouts de plantes dont je ne connais pas le nom et elles vont cracher du liquide, du blanc et du sucré qui jaillit et colle aux doigts. Après, je les lèche les uns à la suite des autres, le pouce en dernier.

Il n'y a pas que mon ampoule, le dos contre l'arbre. Il y a aussi les questions qui viennent tout à coup, les chutes, c'est pas grave ma chérie, on va te soigner avec du mer-cu-ro-chrome. Il y a aussi ce qui est grave, ce qu'on ne peut pas laisser passer par la gorge comme si de rien n'était, ce contre quoi les médicaments ne font rien, quand le ciel se coupe brusquement, quand on ne s'y attendait pas, quand ça monte d'en bas en soufflant fort et qu'on frappe à la porte à cinq heures, quand je viens de finir de goûter et que c'est posé sur la table au milieu de la nappe tachée. Et puis les autres, les bougies, la boîte et maintenant l'ampoule et la petite aiguille qu'on brûle avec le feu de l'allumette. On m'a montré comment je dois faire pour me soigner toute seule.

Dans le miroir, je la vois à peine. C'est presque comme si elle n'existait pas. Elle n'est pas grande, l'aiguille, et elle garde toujours la même taille en vieillissant avec le seul cheveu qui lui sort de la tête. Elle vit avec d'autres toutes pareilles, plantée dans un carnet qui a des pages en tissu. Elle reste en ligne sur un rang, coincée entre des fils, ou tassée dans une boîte en plastique orange avec des épingles et des boutons. Elle attend qu'on vienne la prendre pour aller piquer. Et ressortir de l'autre côté. C'est tout petit, une aiguille. Un bout de fer, un cure-dent avec un trou à la place du visage, un trou presque invisible et les choses que je vois au travers n'ont plus d'importance, sauf le visage de papa qui s'allonge le soir. Une aiguille entre mes doigts, c'est une petite épée. Je suis armée, je peux partir faire la guerre, je serai toujours en victoire. J'ai un onzième doigt, mais ce n'est pas un os, ça ressemble au fil de fer qui court autour du pré, ce long fil qui ne sert pas à grand-chose sauf à réunir tous les piquets comme dans une danse, main dans la main, il tient à peine mais il est là malgré tout, parce qu'il faut de quoi percer ce qui est enflé. Je ne sais pas ce que je veux, je ne sais pas si j'ai le droit, je sens l'os de mon coude sous ma peau et lui aussi est une aiguille pointue. Le feu de l'allumette brûle le bout gris, c'est mieux que de l'alcool m'a dit ma mère. Le feu est pur comme de l'eau-de-vie orange et bleu. Tout au fond des bouteilles qui en sont pleines, on laisse tremper les cerises et le dimanche je colle souvent des étiquettes blanches où j'ai écrit la date. Je regarde les cerises qui se gorgent. On dirait des dindons avec leur cou rouge, des cerises de basse-cour qui enflent sous l'alcool qui les couve. Ça bouge quand on remue la bouteille et ça tangue longtemps encore quand on l'a reposée sur la table. L'aiguille, c'est la dent au fond de ma bouche qui vient percer la peau de la cerise presque noire et on entend la peau qui cède, l'alcool qui est chassé, ça gicle contre le palais, la langue se noie, le ventre brûle. J'aimerais me retrouver au fond de la bouteille à côté des cerises, on verrait bien si j'enfle ou si je n'enfle pas, on verrait bien ce que je deviendrais. Parce que mon ampoule est pleine d'eau ou peut-être que c'est de l'alcool et chaque fois que je ferme la main, je la sens qui me fait mal. Ne plus faire attendre, ne plus laisser grossir, ne plus arracher encore la croûte sous mes ongles la nuit. S'occuper de ça. Aiguiser l'épée.

18

Maman dort et, à côté d'elle, il y a papa qui dort aussi, juste là, de l'autre côté du mur. Il est très tard, les volets sont sûrement un peu ouverts dans leur chambre pour qu'il ne fasse pas tout à fait noir et demain je le verrai dans la cuisine avec ses yeux et son café brûlant entre les mains. On prendra le petit déjeuner. Dehors ce sera mouillé, il m'aidera à mettre mon cartable et on ira tous les deux jusqu'au village, où il y a mon école. On se séparera près de la boulangerie. Et on se retournera une ou deux fois en faisant de grands gestes. Puis, je ne verrai plus que son dos. Parce que tout ce qui s'est passé, je veux que ça soit pour de faux. Comme quand on joue avec Jeanne et qu'après on recommence encore et encore à jouer. Mon père, il n'a jamais été malade, n'est jamais tombé, jamais mort. La bête, jamais dans notre pré, jamais hurlé, jamais enflé. Les bêtes toutes blanches, de toute façon, ça n'existe pas. Au village, jamais rien dit contre elle, jamais appelé un docteur, jamais venus chez nous, jamais non plus pour nous consoler. Je veux que tout se soit passé pour de faux. Juste un mensonge qu'on nous a apporté dans un drap et auquel j'ai cru pendant un instant, parce que parfois, ça fait du bien de s'imaginer qu'on est très malheureux, qu'on nous plaint chez les gens, qu'on n'est pas pareil que tout le monde. Moi, des choses tristes et incroyables arrivent dans ma vie, moi, une bête vient faire bouger les murs, moi, je sais ce que ça veut dire le vide, moi, mon père a glissé, c'est pas rien quand ça arrive. Maintenant, il ne faut plus me regarder comme avant. Juste un mensonge auquel j'ai cru parce que ça fait du bien de ne plus être une petite fille comme les autres.

Mais elle est tombée. Comme si quelqu'un l'avait poussée par-derrière. Pourtant je suis toute seule dans ma chambre. Autour de mon pied, des bouts cassés qui coupent.

C'est moi qui l'ai fait glisser de l'étagère. Elle buvait tranquillement dans son bassin. Je voulais voir ce qui se passe quand une vache tombe. La petite tête s'est séparée du corps. Je la mets dans du coton avec les autres morceaux que j'ai ramassés. Puis je déchire un bout du toit de ma ferme et je pose le carré de carton par-dessus le coton, pour bien fermer la boîte. Je mets les autres animaux sur une ligne devant la ferme et je commence l'enterrement. Le cochon est en larmes, la poule ferme les yeux pour ne pas voir, le mouton est en noir. Ils marchent avec lenteur, ils laissent pendre leur cou en avant, le museau près du sol. Ils vont jusque sous mon lit, parce que c'est là qu'on a fait le cimetière. Mais à la place de la terre, il y a des brindilles, des herbes, des pétales comme des restes de peau, de la paille et des grains qui viennent de mon matelas. Tout ça va recouvrir la vache pour toujours. Puisqu'elle est morte. Ça doit s'arrêter là, comme lorsqu'on arrive à la dernière ligne. Et ils vécurent heureux et eurent beaucoup d'enfants. C'est ce qu'ils disent toujours. À la fin de mon conte, l'oiseau joli, qui a la voix du petit frère mort et qui chante tout le temps, apporte une belle chaîne dorée à son père, une belle paire de chaussures rouges à sa sœur et une grosse meule très lourde à la mère qui n'est pas sa vraie mère. La meule écrase et tue la méchante femme. Puis de la lumière, du brouillard et du feu sortent de la terre et le petit frère qui était mort tout à coup réapparaît. Il prend son père et sa sœur par la main et, bien contents, ils rentrent tous les trois à la maison pour se mettre à table et manger. Mais moi, je suis seule dans mon lit parce que ma vache, elle est morte. Pour de vrai. Avec l'aiguille, je l'ai crevée.

19

Je déplie la grande nappe, la blanche, celle qu'on a lavée, elle est propre et raide et je la mets sur la table de la cuisine en la faisant voler. On voit les plis du fer à repasser, je passe la main en appuyant fort, il faut qu'elle soit bien lisse. Tout le long de la nappe, au bord, il y a un mariage brodé : le marié sérieux et la mariée qui sourit, les parents, les invités avec des habits de couleur, des petits choux qui font une montagne et un chat dans un coin qui mange un bout de quelque chose. Le mariage est brodé plusieurs fois et fait comme ça tout le tour de la table. Un petit chien court d'un groupe à un autre au milieu des fleurs et quand je m'assois à ma place, j'ai le marié sur une jambe et sur l'autre, la droite, j'ai la petite fille blonde qui soulève la longue robe qu'on ne doit pas laisser traîner par terre. Après, je mets les assiettes. Je choisis celles que je préfère, avec les petits carreaux bleus autour et rien au centre. Je n'aime pas quand on noie le bonhomme au fond des bols. Et puis celles-là ont un bord épais, et parfois, je bois la soupe avec. Le couteau, c'est C et après, dans l'alphabet, il y a D, donc le couteau va à droite et la fourchette F va à gauche G. Il y a une fourchette qui est plus petite que les autres avec un peu plus de décoration sur le manche, c'est la mienne. Je remplis la carafe au robinet, je n'aime pas faire ça parce que lorsqu'elle est pleine, c'est trop lourd et je dois me mettre sur la pointe des pieds pour fermer le robinet avec une seule main, je penche à gauche et je fais toujours tomber de l'eau sur le carrelage. J'essuie vite avec l'éponge qui n'a pas une bonne odeur. Je sens mes doigts, je les frotte contre la nappe mais de l'autre côté. Ensuite, il y a les serviettes, il faut essayer de ne pas les confondre, ma mère fait un nœud à la sienne. Je fais des calculs avec mon pouce pour bien les placer au milieu de chaque assiette. Un pouce et demi à droite, un pouce et demi à gauche, deux pouces en haut et en bas. Ma mère sera contente quand elle verra que j'ai mis la table. À la cave, on ira chercher une bouteille de vin, il y aura de la poussière, je soufflerai dessus et j'en prendrai un peu dans mon eau. Le rose transparent, c'est beau. Alors les verres auront des pieds aujourd'hui, même le mien. Et puis, je commence à couper le pain, ça, c'est le plus dur. Je le presse contre mon ventre, la farine se colle à mon pull, j'essaie de couper une tranche comme un homme, avec le grand couteau qui mord mais je n'y arrive pas. Je repose la boule, j'arrache juste un peu de croûte sur le dessus, je creuse avec le doigt et j'attrape la mie. Elle est mouillée, on dirait. Comme de la terre. J'en avais sous mes ongles quand j'ai enterré au pied du peuplier le mouchoir avec tous les os morts de la bête. Je me suis essuyée à mon pantalon. La mie est molle dans ma bouche et quand ma mère entre dans la cuisine, elle s'arrête brusquement, se retourne et me regarde. Elle a vu que j'avais mis trois assiettes sur la table. Moi, je suis assise sur les marches devant la cuisine. Dans ma main, quelque chose coule. Le soleil chauffe mes genoux et mes cheveux et mon ventre qui fait du bruit. Je renverse la tête en arrière.

— J'ai faim. On attend encore un peu et puis après, on mange.

Impression réalisée sur CAMERON par

BUSSIÈRE CAMEDAN IMPRIMERIES

GROUPE CPI

à Saint-Amand-Montrond (Cher)
pour le compte des Éditions Stock
en décembre 2000

54-5317-0

N° d'édition : 7888. — N° d'impression : 005478/1.
Dépôt légal : janvier 2001.

Imprimé en France

ISBN 2-234-05317-X